市場《しじょう》

北川ナヲ

文芸社

戦前から戦後にかけて、築地に魚河岸の親分と呼ばれた男がいた。彼は太っていて朗らかな性格であったが、気性の激しい猛者たちも、彼が通ると道を開けるほど一目置かれていた。

市場

一

移り変わる田園風景を所在無げに車窓から眺めていた奥村豊《おくむらゆたか》は、夕陽が稜線に差しかかったのを見届けて、夜中に風邪をひかないように網棚に置いていた外套《がいとう》を羽織った。無意識にポケットの中に手を入れると、右手の人差し指が紙切れに触れた。それは、この出張中に旅先で受け取った三通の電報であった。

『イカミナクサレ』
『タイセンドヨシ』
『セイカマンゾクカエラレタシ』

交互に読み返しながら、豊は生まれてからこれまでの自分の人生をしみじみと振り返った。

明治十六年、埼玉県の農家に次男坊として生まれ、尋常小学校くらい出ておいたほうがよいと親に言われて通ってみると、人並み以上に読み書き算盤《そろばん》が達者で、学校の先生からは進学を勧められた。岩槻《いわつき》にある高等小学校へ進んだが、あと一年で卒業というときに、叔父が盛んに商人になることを勧めてきた。農家の次男に明るい未来はなく、一日も早く金を稼げということであった。そのことについては、幼い頃から周囲にも言われていて理解していたので、いずれはと考えていたのだが、まずは高等小学校を卒業してからと思っていた。しかしそれから間もなくして、叔父が具体的に奉公の話を持ちかけてきたのだった。叔父は同じ村で織物業をしていたが、鳩ケ谷《はとがや》で手広く織物の仲買と呉服の小売りをしていた『親玉《おやだま》』という呉服屋とすでに奉公の話を取り付けていた。そうとなれば、断れる理由はない。急ぎ高等小学校を退学して、十五歳の年に丁稚《でっち》奉公することになった。

親玉での仕事は順調で、そのまま将来は番頭になることを目標にしていたが、経済恐慌に煽《あお》られた取引先のいくつかが倒産したことをきっかけに、結構な額の不渡りを出したことから経営が傾き始め、豊は第六感で親玉を出ようと決心する。親玉に入って五年目の夏、お盆の藪《やぶ》入り時に、どうせ働くなら東京へ出ようと思い、東京の本所深川《ほんじょふかがわ》に住んでいる親戚を訪ねた。すると運よくそこの娘婿《むすめむこ》が日本橋魚河岸《うおがし》に営む魚問屋『栄大《さかえだい》』で人不足だというので、すぐさま次の日から住み込みでお世話になることになった。

　呉服屋から魚問屋への転職は、外見が着物と角帯から褌《ふんどし》一丁に変わっただけでなく、上品な商談からべらんめえ口調でまくしたてる切った張ったの世界に身を置くことになったが、豊は持ち前の話術と算術の能力でじっくりと確実に栄大の中で自分の存在価値を高めていった。栄大の店主である新島進《にいじますすむ》も、豊を誰よりも信頼し、右腕として育ててくれた。

　線路沿いに大きく広がる田んぼは、全て稲刈りを終えていて、真っ白な雪に覆われている。夕陽に照らされた純白の大地は、丹色《にいろ》に染まってどことなく郷愁を誘っていた。そのとき豊は、ふと親玉へ奉公に行って間もない頃に八卦見《はっけみ》が言ったことを思い出した。親玉では、年に一度古くから知る八卦見を店に招いて店中の者の運勢を占いつつ大宴会を催すしきたりがあった。店の店員全員となると三十名近くにもなり、一番下っ端であった豊は端っこに正座していたが、宴もたけなわになった頃、主人が八卦見に質問をした。

「先生、この中で一番の強運の持ち主は誰でしょう」

八卦見は、お猪口《ちょこ》を膳に置き背筋を伸ばして豊を指さした。

「それは、何といってもあの端に座っている小僧さんが飛び切りの運勢を持っている」

冗談と思った主人は、苦笑して訊き直した。

「先生、本当ですか……」

「うむ、間違いない。この店の中だけでなく、そんじょそこらの人が持ち合わせる運とは比べ物にならない。あの小僧さんは、いずれ途方もないほどの大を成すことになるでしょう」

一同がポカンと口を開けて八卦見の話を聞き、振り上げた拳の落としどころが見つからないまま困惑した店主の表情を見つつ、豊は気恥ずかしい優越感に浸った。

それから五年後に豊が親玉を去った翌年に、親玉は倒産した。

——俺は、強い運を持っている。

豊は、心の中で力強く言った。

今回の出張は、新規取引先を見つけることが目的であった。栄大はこれまで東京近海物の鮮魚を中心にした卸売業を営んできたが、更に規模を大きくするためには遠方にある大きな魚市場からも取引先を増やす必要があった。日本橋魚河岸でもそういった卸売業者はあったが、大規模なところが主要な海産物商と組んでいて、中堅の栄大にはなかった。二十歳から真面目で誠実に栄大に尽くしてきた豊は、六年目にして初めて大きな仕事を任されたのだった。

「奥村君、北の地へ出張して新規の仕入れ先を開拓して欲しい」

新島から声を掛けられたのは、明治四十二年十一月一日の朝だった。仲買人とのセリを終え、伝票処理に算盤をはじいていたときのことだ。そのような大事な仕事は店主自らやるものだと思っていた豊は、新島の言葉を聞いて驚いた。

「えっ、そんな大役を私なんかでいいのでしょうか」

「君は計算が速いし、交渉も上手だ。魚の目利きも一人前になったと思っている。若いし馬力もあるし、私なんかが行くより余程いい仕事ができると思う」

そう言われて意気に感じないわけがない。嬉《うれ》しくてたまらなかった豊は、急いで荷物をまとめて昼前には上野へ移動して青森行きの汽車に飛び乗った。翌日尻内《しりうち》に着いてから支線に乗り換えて八戸《はちのへ》まで移動して宿をおさえると、眠るのも惜しいとばかり午前三時には八戸魚市場へ向かった。北の地といえば、晩秋といっても雪に覆われているような先入観を持っていたが、確かに気温は低いものの、澄み渡るような晴天に拍子抜けした。そこでまず目にしたのは、イカの豊漁だった。東京の近海物とは、スケールが違った。魚市場で行き当たりばったりに様々な海産物商と取引条件を掛け合ったが、その中で最も条件が良く、人柄も信用できそうな人物が『丸富《まるとみ》』の富井左近《とみいさこん》という五十歳を少し過ぎたくらいの大きな体格の男だった。話を聞くと、若い頃は八戸で漁師をしていたが、あるとき漁の最中に大怪我をしてしまい、静養後は海産物商に鞍替《くら》えしたということだった。禿《は》げ頭で出っ歯の富井は、その豪傑さで八戸魚市場でも一目置かれた存在だった。東京から来たという名前も通っていない栄大という卸業者の若造が持ちかける商談を適当にあしらう者が多い中、富井は豊の話に熱心に耳を傾けてくれた。

「イカは全部でどれだけあるかね」

「今日の水揚げは、全部で三車だ」

「一車いくらだ」

「一車四百円」

「もう少し負からんかね」

「これでも、この市場じゃ一番安いさ。どうするね」

「三車全部買うから、一車三百円だ」

「無茶言うな。無理だ」

「明日また買う。合計十車になるまで毎日来る。どうだ」

富井は、腕を組んで考え込んだ。誠実そうな豊に協力する気持ちで初めから好条件を提示したので、これ以上値下げするつもりはなかったが、さすがに十車となると話は別だ。東北で商売をしていて十車の商売など聞いたことがない。東京日本橋魚市場の栄大と商売を始めるということは、想像以上にスケールの大きな商売を行うことになるのかも知れず、丸富の大きな発展に繋《つな》がるかもしれない。

「よし、本当に十車買うなら一車三百円にしてやる」

九百円分の小切手を切りながら、運送には氷を使用するように豊は依頼したが、富井は聞き入れなかった。イカなんてべっ甲みたいなものだから、氷の冷気が下まで染み渡らないというのがその理由であった。豊はそれでも心配していたが、富井が自信満々に言うので引き下がった。

翌日も、丸富が扱う全水揚げ量の三車分を約束どおり購入した。八戸魚市場では、すでに東京から来た若造が丸富でイカを買い占めていると噂《うわさ》になっていたが、豊に不安はなかった。日本橋の旺盛な消費能力を考えれば、それくらいは十分捌《さば》ける自信があったし、それにイカという食材は少々鮮度が落ちても電化焼やスルメに加工して保存食にすることもできるので、損をすることはないと考えていた。

翌々日、今朝は水揚げ量が少なく一車半しか都合できないと富井に伝えられ、四百五十円分の小切手を準備していたとき、宿の店主が急ぎ足でやってきた。

「どうしたんですか」

豊は驚いて訊いた。

「奥村さんに電報が届きました。滞在中のお客さんに電報が届くなんて緊急事態に違いないと思って、いの一番で飛んできたんです」

「私に電報ですか……」

不思議な思いで電報を受け取った豊は、そこに書かれていた文字を見て足元をすくわれたような気分になった。

『イカミナクサレ』

「この辺りで一番近い自働電話はどこだ」

尋常でない雰囲気の豊に、富井は市場の事務所に電話があるから自分が頼んでやると言ってくれた。

電話の交換手に栄大の番号を伝え、待っている間のもどかしさを紛らわせるために煙草《タバコ》に火を点けた。両切りのゴールデンバットが半分ほど吸い終わった頃に、受話器から新島の声が届いた。

「店主、電報受け取りました。一昨日送ったイカが全部腐っていたということですか」

「ああ、残念ながら全部廃棄した」

豊は、自分の軽率な判断に如何《いかん》ともし難い嫌悪感に苛《さいな》まれた。自分は、氷を使うように依頼した。しかし富井の大丈夫だという言葉に疑問を抱きつつも、そのまま受け容れてしまった。これは、無知がもたらす災害よりたちが悪い。考えてみれば、自分は若輩者かもしれないが、六年もの間全国一の規模を誇る日本橋の魚河岸で魚問屋をやってきた経験者である。それに比べて、富井は確かに年配者ではあるが長年漁師をして怪我をした後に海産物商となり、しかも東北の近場でしか商売をしていないわけである。

「すみません。私の責任です。今日、また三車到着しますが、それも同じことでしょう」

「仕方ない。済んだことだ。前を向くしかない」

豊は、新島の寛容な言葉に申し訳なくて胸が押し潰されそうだった。栄大の経営を揺るがすような大失敗をしでかした自分に対して、気持ちを慮《おもんぱか》る新島の配慮に次の言葉が出てこず、思わず涙が頬を伝い落ちた。そんな豊を受話器の向こうで感じたのか、新島は明るい声で言った。

「お前を任命したのは、私だ。全責任は私にある。まだ任務は終わっていないぞ。千八百円の損失を埋めるまで帰ってくるな」

「店主、すみません」

壁に掛けられた電話機に向かって深々と頭を下げる豊の背中を見ていた富井は、自分の軽率な言動が大惨事を引き起こしたことを理解した。受話器を戻した後も立ったままの姿勢で肩を震わせて泣いている豊に向かって声を掛けた。

「すまん。素直にあんたの言うとおり氷を入れるべきだった。ワシも同罪じゃ。損した半分はワシが何としてでも弁償する」

振り向いた豊は、富井のいかつい顔をまじまじと見つめた。そして、この男もまた、目の前の惨めな若造に同情してくれていると思うと、自分の未熟さに穴があったら入りたい気持ちがした。しかし、同時に豊の心は富井の申し出を受けるほどへし折れてはいなかった。

——自分の失敗は自分で責任を取る。それに、富井とはこの失敗を糧にして信頼関係を築き、将来的な商売に繋げるんだ。

そう思った豊は、富井の申し出を丁重に断り、一旦八戸から離れることに決めた。ケチが付いた土地に固執しても仕方ないと思ったことと、店主から八戸の次は安方《やすかた》へ行くことを勧められていたからだ。一車半のイカの注文を取り消した豊は、富井に商売はいずれ仕切り直しすることを約束し、その足で宿の支払いを済ませて、安方行きの汽車に飛び乗った。

安方魚市場は、陸奥《むつ》で獲れる魚介類を中心に、一部北海道の海産物も取り扱っており、活況を呈していた。水揚げされた海産物を物色しながら練り歩いていた豊が一番興味を引いたのは、百匁《もんめ》以上もある大きなマダイであった。市場の中でもひと際堆《うずたか》く積み上げられている店の中を覗《のぞ》くと、煙草をくわえた若い男性と目が合った。

「今日は、いいタイが入ってるよ」

「祝儀ものだね。いくらするんだい」

「五百枚以上で駆け引き無しの一枚八銭五厘だ」

「いい値段だ、気に入った。俺は東京からだが、引き合ってくれるか」

「遠方はやったことないけど、兄さん感じいいからやってもいいよ」

この若者は田子恭平《たごきょうへい》といって豊と同い年で、田子商店という海産物商の経営者であった。元々田子商店は彼の祖父が経営していたのだが、父親が学者になったため、誰かに譲ろうとしていたところを孫の恭平が二十歳になった年に継いだのである。若いが、情熱に満ち溢《あふ》れていて人望も厚かった。

「大量に引きたいんだが、鮮度が保てるかまずは五百枚で試してみたい。荷造りに工夫が要ると思うんだが、いい考えはあるかい」

吸い終わった煙草を長靴で踏み消して腕を組んで暫《しば》し考え込んでいた田子は、「よし」

と小さく言うと市場の奥へ走っていった。そして暫《しばら》くすると、空の酒樽《さかだる》を転がしながら戻ってきた。

「これに詰めてみよう」

田子は、鑿《のみ》と金槌《かなづち》を持ってきて酒樽の底に小さな穴をいくつか開け、そしてタイを一匹ずつ丁寧に新聞紙で包んで酒樽の中に並べ、その上に氷を敷いた。氷の上にはまた同じように新聞紙で包んだタイを並べて氷を敷くという作業を延々と繰り返し、ちょうど五百枚で酒樽一杯になった。酒樽や手間賃を払うと豊は言ったが、田子はこれから大きな商売をするのに細かいことは必要ないと聞き流した。しかも、豊が四十二円五十銭の小切手を切ろうとした際、東京に無事到着して品質を見定めてからでいいとまで言ってくれた。

豊は、栄大から電報が届くまでの三日間を不安と期待が入り混じった気持ちで過ごしたが、東北の地に住む人々の懐の深さに感銘を受けると同時に、やり方次第で栄大を益々発展させられると確信した。かくして、電報が宿に届いた。

『タイセンドヨシ』

飛び跳ねるように安方魚市場へ走っていった豊は、田子に電報の内容を伝えた。

「今日は、何枚あるんだ」

「大漁だ。千五百枚はある」

「全部だ」

「よしきた」

千五百枚の荷詰は、田子と豊が二人で行った。酒樽三つ分は大変な作業だったが、終始二人は冗談を交わしながら笑顔を絶やさなかった。充実した仕事というのは、そういうものである。結局安方に滞在した三週間で、合計二万枚のマダイを日本橋へ送り届けた。日本橋の魚市場では飛ぶように売れ、豊の信頼は早くも回復した。一枚八銭五厘で仕入れたマダイを日本橋まで届けると、送料を合わせておよそ九銭になる。これを栄大では十三銭で販売したから、粗利は一枚当たり四銭となり、二万枚でざっと八百円になる。イカで被った損の半分弱を取り返したに過ぎなかったが、豊の迅速な巻き返しを目《ま》の当たりにして新島は満足だった。

マダイの水揚げ量が下降してきたのをきっかけにして、豊は更に北上して北海道へ渡ることにした。安方にもまだまだ商売のネタはあったが、豊は一つの魚市場で取引先は一つと心に決めていた。そのことを田子に伝えた際、それなら函館《はこだて》市場へ行くべきだと勧められたのだった。安方にも一部北海道からの海産物が来ているが、津軽海峡を渡るだけでここまで変わるかというくらい上物が多いと田子は話していた。

小蒸気船から見上げた連絡船は、豊の想像を遥かに超える大きさだった。去年開設されたばかりの青函《せいかん》連絡船は沖繫《おきがか》りで、旅客は数百メートル沖に錨泊《びょうはく》している連絡船まで小蒸気船で移動して乗下船する。二等客船の広間に寝そべって小さな窓から見た冬の津軽《つがる》海峡は、灰色の空と鈍色の海が寂しさを押し付け合っているような気がして何となく心細く感じたが、豊はこの先にある北海道の大地に更なる成功があることを確信していた。それは、自分の運命に対する自負でもあった。

函館市場は、噴火《ふんか》湾から獲れる海産物を主に取り扱っており、東京近海物が主な日本橋魚市場と比べると、その品質の高さは目を見張るものがあった。別名内浦《うちうら》湾とも呼ばれる北海道南西部と渡島《おしま》半島に囲まれた円形の巨大な湾に、これほどの上物が揚がると知り、豊は改めて田子に感謝した。市場には所狭しと水揚げされた海産物が並べられていた。マグロ、ブリ、タイ、ヒラメ、ホウボウ、ホッケ、タラ、サケといった鮮魚の他に、ホタテ、アワビ、ウニ、毛ガニ、ボタンエビといった貝や甲殻類も豊富で、日本橋ではどれも高値がつくものばかりだった。これもあれも全部欲しいと思いながら歩いていると、ある海産物商が出している店に五、六十センチほどのサメが山積みされているのを見つけた。よく見ると、ホシザメとツノザメが交ざっていた。店の主人に値段を聞くと、どれでも一本五銭だという。選んでいいのか訊いてみたら、どれでも好きなものを持っていけと言い放った。

「サメは、よく揚がるのか」

「ああ、ここら辺じゃあ外道だけどね」

そう言って笑う髭面《ひげづら》の親爺《おやじ》は、取っつき難そうな人相だが温かみに満ちていた。

「東京の卸業者と引き合ったことはあるか」

豊は、ゴールデンバットに火を点けながら訊いた。

「ないけど、兄さんは東京の人かい」

「日本橋の栄大っていう卸業者だ」

「知らねえな。大きいのかい」

「大きけりゃ、独りで函館くんだりまで行脚しないよ」

豊は、白い煙を吐き出して笑った。

「そっちはどうなんだい」

「大きけりゃ、とっくに日本橋の業者と引き合ってるよ」

「ちげえねえ」

豊は、ゴールデンバットを一本取り出して勧めた。美味そうに一口吸ってから、主人は店のことを話し始めた。

「うちは屋号を『円火《つぶらび》』といって、創業は天保元年で、ここの市場じゃ一番古い海産物商だ。知ってのとおり、噴火湾は丸い形をしているから『円ら』で、周囲は火山に囲まれているから『火』をつけて円火なわけだ。昔から噴火湾の漁師は全員知っているし、商売も分け隔てしない。ワシが注文する物は大抵が上物だけど、反対に買い手がつかないような物でも漁師が困ってりゃ引き受けてやる。ワシは基本古くから付き合いのある地元の料理屋へ卸しているから、多少の無理が利くわけだ。それでも売れ残る物は、親戚が蒲鉾《かまぼこ》屋をしているから、そこへ回すことにしてる。これまでに遠方から商売を持ちかけられたことは何度もあるが、そういう奴らは決まって上物だけ買いたがるから、ずっと断ってきた」

豊は、函館市場で取引するのはこの男だと直感した。そして、咄嗟《とっさ》に自分はこの主人に選ばれるとも確信していた。店の前に積まれた上物には触れず、豊は主人にサメを買うと言った。

「東京からわざわざサメを引きに函館へやってきたのか。まあ、こっちは買ってくれるなら有り難い」

豊は、自分の手で選別してホシザメばかりを引っこ抜いた。結果、ホシザメは四百本あった。しめて、二十円である。主人は、目を丸くして喜んでくれた。実は、ホシザメは東京では結構高く売れる。これくらいの大きさだと、十銭といったところだ。一方ツノザメは、せいぜい五銭程度であり、どちらも五銭で選び放題というのは非常に好都合であった。これもひとえに、日本橋魚市場という日本一の大都市である東京の洗練された胃袋を相手に商売してきた結果、魚を見る目が鍛えられたことの証拠であった。豊から小切手を受け取り、出荷作業を店員に任せた主人は、自分の名前を稲本高穂《いなもとたかほ》だと名乗り、店先でできたばかりの鉄砲汁を振る舞ってくれた。

翌日から、豊は毎日円火へ通ってホシザメを買い漁った。五日目の朝、買ったホシザメの支払いを終えると、稲本がお茶でも飲んでいけと言ってくれた。店内の奥にある事務所で煙草を吸いながら緑茶を飲んだ。

「奥村さん、うち以外にも行ってるのか」

「いや、円火さんだけだ。一つの市場で付き合うのは一人だけと決めてるんだ」

「それじゃ、サメばっかりというわけにもいかんだろ」

「いろいろ引かせてくれるか」

「あんたとなら、やってもいいぞ」

いざやるとなると、稲本は何でも要望に応えると言ってくれた。

「飛び切り上物でも、どんなものでも欲しいものを言ってくれ」

「高級料亭用に、数は少なくても飛び切り上物が欲しい」

稲本は、電話か電報で必要な数を教えてくれれば、間違いなく用意すると言ってくれた。

豊は、頭の中で仲買人たちの顔ぶれを思い浮かべた。特に高級料亭へ卸している連中が欲しがりそうなものばかりを要求した。

一．タラバガニ百杯
二．毛ガニ百杯
三．ホタテ千枚
四．アワビ三百枚

五．馬糞《ばふん》ウニ千個
六．紅サケ五百本

これで試験的に出荷してみて反応を見てみようと考えたのだが、結果は頗《すこぶ》るよかった。日本橋に到着する日の昼過ぎに待ちきれなくて新島に電話したのだが、新島は嬉々《きき》として驚くような高値で全て完売したと言っていた。次の日からは数量を更に増やして注文し続け、二週間も経つと豊が出した損失は全て解消し、大きな儲《もう》けが出た。そして十二月の第三週に入って間もなく、三通目の電報が届いた。

『セイカマンゾクカエラレタシ』

八戸魚市場で丸富の富井左近、安方魚市場で田子商店の田子恭平、函館市場で円火の稲本高穂等とそれぞれ取引関係に漕ぎ着けることができ、豊自身も出張の成果に満足していた。豊は、三通の電報を外套のポケットに戻して目を瞑《つむ》った。

二

上野駅に着いたのは、十二月二十四日の十一時過ぎだった。積雪の影響で到着が遅れたが、その分ゆっくりと眠ることができた。奮発してタクシーに乗り込み、栄大には十一時半に到着した。豊を出迎えるため、セリを早目に切り上げて待っていた新島は、満面の笑みで諸手を挙げて出迎えてくれた。

「奥村君、ご苦労だった。よくやってくれた」

「店主、ありがとうございます。でもイカの件では、ご迷惑をかけました」

「何言ってるんだ。瞬く間に取り返したじゃないか。それに、昨日丸富からイカが一車届いたが、氷もちゃんと入っていて鮮度も良好だった。物も良いし、言うことは無い」

それを聞いて、豊は安堵《あんど》した。東京に戻ることになった日に、豊は富井へ連絡を入れ、一箱五十匹入りのところを四十匹に減らして、その分氷を入れるように頼んで一車分注文したのだった。

「近海物しか扱ってこなかった栄大も、これで大口卸売業者の仲間入りだ」

そう言って笑顔が絶えない新島の後ろに、一人の小柄な若者がひょっこりと現れた。

「店主、一通り掃除が終わりました」

目が細くて狐顔《きつねがお》の若者は、新島の後ろから豊に軽く会釈した。

「ああ、こいつは熊野哲《くまのてつ》といって、一昨日からうちで働いてるんだ。こいつのお父つぁんとは長い付き合いなんだが、息子は何をやっても続かねえし、喧嘩《けんか》っ早くて成長しねえ。頼むからうちで一人前の男になるまで面倒みてくれと言われて預かった。まあ、初めのうちは居候《いそうろう》みたいなもんだと思うけど、いろいろ教えてやってくれ」

そう言われて恥ずかしそうに首を引っ込める熊野を見て、確かに横着な雰囲気を纏《まと》ってはいるものの、素直そうな表情に豊は好印象を受けた。

「熊野君、よろしく。俺は奥村だ」

「へい、勿論聞いていますとも。栄大の未来を担う若大将だって。まだ店の掃除しかしてないんで、魚河岸の仕事をたたき込んでください。それから、俺のことはテツと呼んでください」

「テツ、それじゃあこれから市場を歩かねえか」

「おいおい、長旅の疲れを癒やすほうが先決だろ。帰ってきてすぐに無理することはねえ」

新島が慌てて割り込んできたが、豊は汽車の中で十分睡眠をとっていたし、何よりもテツと一緒に市場を歩いてみたい気分になっていた。初対面で、テツを気に入ってしまったのだ。荷物を店の中に入れ、靴を下駄に履き替えた豊は、テツを連れて目の前の市場に繰り出した。

「テツは、いくつなんだ」

「十八です」

「鬼も十八、番茶も出花、箸が転げても可笑しい年頃だな」

「奥村さん、そりゃあ女の譬《たと》えじゃないですか。勘弁してくださいよ」

談笑する二人の前には、交通が遮断されて出来上がった巨大な市場が活気に包まれていた。

「一昨日から来てますけど、こうして市場の取引時間に外に出るのは初めてです」

興奮気味のテツの背中を押すように市場へ分け入った。

「ここに来て一番驚いたことは、市場が道端に堂々と開いていることでした」

「日本橋から江戸橋《えどばし》、室町《むろまち》から伊勢町《いせまち》の真四角な目抜き通りに、日の出から正午まで各入口に木戸を打って、一般の交通を遮断して市を開いているんだ」

「それにしても、魚を並べている板が道に出過ぎていないっすか」

道の両脇にある店頭の軒下からは、魚を陳列するための幅一尺、長さ六尺ほどの平板が公道に舌を伸ばしたように差し出されていて、道を歩くとすれ違う人の肩にぶつかったりして難儀であった。

「この平板を、板舟《いたぶね》と呼ぶんだ。古くからこの場所で公道を使用して魚を売ることのできる権利のことを板舟権という。市場の組合員だけに与えられる権利だが、数が限られているから新たに商売を始めようと思ったら、所有権者から買うか、貸してもらうことになる。既得権ってやつだな。道の両側から板舟がせり出してるから、道の真ん中は歩きづらい。『一人立ち往生』って言葉があるほどだから、気を付けろ」

そう言った矢先に、テツの身体が大きく揺れた。

「この野郎、気ぃ付けろ」

威勢のよい買出し人がテツにそう吐き捨てた瞬間、その男の身体が浮いた。テツの頭突きが、男の顎に炸裂《さくれつ》したのだ。

栄大に戻り、女将《おかみ》の節子《せつこ》に傷の手当てをしてもらいながら痛いのをやせ我慢しているテツを見ていると、豊は可笑《おか》しくてたまらなかった。買出し人に頭突きを喰らわせたまではよかったのだが、その後近くに居合わせた仲間たちに袋だたきにされそうになったテツを助け出し、その場は何とか豊の顔で取りなしたのであった。

「テツ、喧嘩っ早いとは聞いていたが、本当に速攻だったな」

豊は、放っておけばすぐにでも復讐《ふくしゅう》に飛び出していきそうなテツの前に胡坐《あぐら》をかいた。

「なあ、テツ。喧嘩は得意そうだが、市場には猛者がわんさかいるぜ。いちいちそんな奴等と勝負して回るか」

「奥村さんは、喧嘩売られて買わないんですか」

細い目がほとんど開かなくなった左目を向けてテツが訊いた。

「場合によるさ。どうしてもやらなきゃならない一世一代の勝負なら、乾坤一擲《けんこんいってき》の覚悟でやるだろう」

黙って俯《うつむ》いているテツの意気消沈した表情を見ていると、この若者が魚河岸の世界に入ってきたことは、ある意味運命的だと豊は思った。なぜなら、『河岸の喧嘩は江戸の花』と言われるほど、魚河岸は浮き世離れしていて、喧嘩が三度の飯より好きな連中の巣窟だったからだ。豊が呉服屋から魚河岸に仕事を替えた際に、最も面喰らったのがこのことだった。しかし豊は、そんな世界の中でもっと高い次元で成り上がってやろうと思っていた。日露戦争が終わり、国として大いなる発展期に差しかかっている日本の首都を支える台所として、魚河岸はこれから近代化を果たして益々規模を拡大しなければならないと考えていた。

「奥村さんって、何だか格好いいですね。これまで俺の周りにいた連中とは毛並みが違う感じだ。奥村さんが言う一世一代の勝負っての、見てみたいですよ」

「そんなもんがあるかどうかは俺にもわからんが、魚河岸はこれから大きく変わっていくと思ってる。現に東京市の警視庁は、日本橋市場に移転命令を出してる」

「そうなんですか。なんでまた」

「市場を見てみなよ。まず第一に、交通妨害だ。こんな目抜きの場所に、日の出から正午まで関係者以外の交通を遮断するんだぜ。迷惑ったらありゃしない。次に、衛生的な問題だ。生ものを扱う以上、これは大きな問題だ。そして三つ目が街の美観を損なうということだ。そもそも魚市場があるべき場所ではないところに市を開いてるわけだから、東京市の言い分は理解できる」

「警視庁が命令しているのに、従ってないってわけですか」

「そうだ。日本橋の魚河岸ってのは、徳川幕府開府以来三百年以上の歴史がある。そんな昔から続いてきた市場だから、いろいろなしがらみがあるんだ。さっき説明した板舟権もその一つだ。既得権といって、長い歴史の中で作られた決め事や権利は、そう簡単に手放せるものじゃない。そんな伝統を前に、東京市も強硬に立ち退きを迫れないんだ」

「奥村さんは、どう思うんですか」

「俺としては、いずれは移転すべきだと思ってる。将来の日本のことを考えればな」

「あら、そんなことになったら栄大は消えてなくなるかもしれないわよ」

横で二人の話を聞いていた節子が割り込んできた。

「女将さん、栄大は益々繁栄しますよ。心配は要りません」

「どうだか。店主だって移転には大反対よ。店員のあなたが移転を奨励するのはどうかしらと思うんだけれど」

この話になると、いつもこの調子だ。だから、普段はなるべく触れないようにしている。

そもそも、日本橋魚市場に建物や店舗、板舟権を持つ有産階級は、山川会《やまかわ》と呼ばれる集まりを作り、異口同音で移転反対を唱えていた。一方、それらを持たない者たちは、飛石会《とびいし》と呼ばれる移転派となり対立していた。豊は、自分が世話になっている栄大のことだけを考えるなら新島同様山川会につくのが筋ではあったが、魚河岸の将来を見据えた場合、どうしても移転すべきと考えてしまうのだった。しかし新島は、そんな豊を頼もしくも思っていたので、内心複雑であった。

翌日、市が終わって店内で伝票整理をしていると、友人の山本展弘《やまもとのぶひろ》がやってきた。山本は末広《すえひろ》商店という卸業者に勤めている豊より二つ年上の青年で、魚河岸で最も信頼できて競い合うことのできる仲間だった。豊が栄大で働き始めた頃からの付き合いで、冷静沈着な人柄で、かつ魚河岸の将来に対して熱い想いを持っている。その点で、豊とは馬が合った。

「奥村、出張は大成功だったようだな。おめでとう」

背が高くスマートで、額が広く理知的な顔つきの山本は、いつも堂々としていて立派に見える。プライドが高く、容易に人を褒めるような人物ではないので、豊は少しくすぐったい気がした。

「運がよかっただけだよ」

「大を成す奴は、例外なく運を持っているもんだ」

「それを言いにわざわざ来てくれたのか」

「うん、それもあるが、もう一つあるんだ」

そのとき、山本は店の奥にいた新島に一瞬視線を移した。二人きりで話したいということだろう。

「それじゃ、仕事が片付いたら末広商店へ行くよ」

豊がそう言うと、山本は白い歯を見せて踵《きびす》を返した。


午後三時過ぎに仕事を終えた豊は、末広商店へ向かった。栄大は、日本橋川沿いのちょうど日本橋と江戸橋の中間辺りに位置しており、末広商店は同じ道の江戸橋手前にあり、徒歩で二分といったところだ。どちらも卸売業者で、日本橋川の川岸に店を構えている。これは、日本橋魚河岸の卸売業者が入荷した魚を日本橋川の河岸に並べて仲買人へ売り渡していたため、都合がよかったことが理由である。実際、卸売業者へ渡される魚は日本橋川の水路を利用して平田舟《ひらた》と呼ばれる船が輸送していて、日本橋と江戸橋間の百八十間に及ぶ河岸には幅一間の桟橋があり、そこに平田舟は停泊して歩板を渡して魚を陸揚げした。

だからこの長い桟橋沿いに店を構えることは、卸売業者にとって都合がよかったのである。末広商店の店先から中を覗き込むと、煙草を吸っていた山本と目が合った。店の外に出てくると、歩きながら話そうと言って豊の返事を待たずに前を歩き出した。山本は背が高く、いつもお洒落《しゃれ》に洋服を着こなしていて、ハイカラという言葉がぴったりだ。一方豊は背が低く太っていて、基本は大衆と同じ着流し姿だが、最近は山本の影響もあって、その上から洋物の外套を和洋折衷で羽織っていた。しかしそんなことを言っても、山本だって明け方からのセリでは、褌一丁に腹巻と法被《はっぴ》姿で威勢よく働いているわけだから、如何《いか》に山本がお洒落であったかが窺《うかが》える。二人は、日本橋川の河岸に設置されてある桟橋に降り立ち、そのまま日本橋へ向かって歩いた。

「何かあったのか」

豊は、左腕の肘で山本の右腕を小突いて訊いた。山本の口が動いたのと同時に、強い北風が左から吹きつけてきて、言葉をのみ込んだ。

「えっ、何だって」

思わず立ち止まった山本は、日本橋を見つめながら、もう一度しっかりとした口調で答えた。

「独立することにした」

「独立……」

咄嗟のことで、訳がわからず反応できなかった。しかし少しすると、実感が込み上げてきた。それは、山本を祝福したい気持ちと先を越されたという焦りが入り混じった複雑な気持ちだった。山本と豊は、常々から独立して店を持つことを将来的な目標に掲げて共に切磋琢磨《せっさたくま》してきた。ただ、いつまでに独立するかといった具体的目標は共有していなかったので、豊は虚を衝かれてしまったのだ。

「そうか、よかったな。おめでとう。しかしそれにしても、急だな」

「そんなことない。俺はもう二十八だ。この道に入って、早くも十三年になる。独立するなら三十までだと自分に言い聞かせてきた」

「それで、末広の旦那とは折り合いはついたのか」

「ああ、残ってくれってしつこく言われたが、最後は根負けしたみたいで、それならこれからは協力してやっていこうということになって、独立資金も貸してくれることになった」

「いいじゃないか。末広の旦那が協力してくれるんなら、半分は成功したと同じだよ。後は、店の確保と商権だな」

「そうだな。店は、もう決めている。これまでなかなか出てこなかったんだが、少し前に小田原町《おだわらちょう》で店を持つ知り合いの爺《じい》さんが、店舗と板舟権を譲渡してくれることになった」

「仲買業者、山本商店の誕生だな」

「そうだ。でもほとんどの商品は末広商店から仕入れる。それが独立する上で一番揉《も》めない。如何《いかん》せん平田舟権を買うだけの信用と財力は今の俺には無いから、仲買で商売を広げて規模が大きくなってきたら徐々に方法を検討していきたいと思っている。生産地で仕入れ先の開拓もやらなければならないしね」

もっともな理屈である。豊も、独立する際には同様のやり方を考えている。

「奥村は、どうなんだ」

急に矛先を向けられて、豊はたじろいだ。

「栄大には、十分奉公してきただろう。新島さんは、奥村を右腕にして重宝しているようだけど、いずれは息子が跡継ぎになる。早いほうがいいと思うぞ」

それを言われると、返す言葉が見つからなかった。新島には今年十歳になる亙《わたる》という長男がいる。新島は、少なくとも亙が一人前になるまで豊にいて欲しいと思っている。だからこそ、今回の出張も豊に一任して経営の一角を担っている自覚を持たせようとしたのだ。そして年を重ねれば、独立する意欲も低くなり、やり手の大番頭として亙を支えてくれればと目論んでいた。暫し無言のまま歩いていると、桟橋の残りもわずかとなり、目の前に日本橋が迫っていた。

「魚河岸がいつまでこの日本橋に残るかは誰にもわからんが、いつまでも過去の栄光に縋《すが》っているわけにはいかない。人口の増加に伴って漁獲量も年々増えている。魚類を運搬する船も大型化されて、ここまで入ってこられないものも出てきている。現実的に、限界が見えている。近い将来、どの道移転は免れない。そのときに先頭を走っていられるように、一日も早く独り立ちすべきだと思う」

山本はそう言うと、桟橋から河岸へ飛び移った。ただでさえ身長差があるのに、山本が途方もなく大きく見えた。

「俺たちの原点は、日本橋だ。しかし、この橋の先はぐんぐん延びて、まだ見ぬ新天地に繋がっている。そこに行ったときは、俺たちが魚河岸を引っ張るんだ」

……言われなくても、わかってるよ。

豊は心の中で呟《つぶや》くと、山本の後を追った。煙草に火を点けて室町通りを北上し、二本目の通りを東に入った。そこはもう小田原町に入っていて、少し行くと南側にある店舗の前で山本は立ち止まった。

「ここが、その店なんだ」

二階建ての古い店舗だが、どことなく佇《たたず》まいに雰囲気がある。

「これは、いい物件だ。山本には、やはり運がある」

そう言うと、山本は目尻を下げて笑った。

「そうだ、俺たちには強運がついている」

肘でお互いの脇腹を小突いて笑った。そしてそのままどこへ行くともなしに東へ歩いていると、伊勢町通りの角にある小料理屋『喜久萬《きくまん》』の店先から女将の中川鈴子《なかがわすずこ》が出てくるところに出くわした。白地のごく普通の和服に身を包んだ女将の美貌と身のこなしに、二人は一瞬立ち止まった。そんな二人に気付いた女将は、首を少し傾げて微笑んだ。

「あら、末広の山本さんと栄大の奥村さん。いつも仲がよくてよろしいですわね。今日は、これからお遊びですか」

慌てて身を取り繕おうとした豊を他所《よそ》に、山本はさらりと答えた。

「いやなに、仕事後のそぞろ歩きですよ。女将さんこそ、そんなにめかしてどうなすったんですかい」

「私はついそこまで御遣いに行くだけですよ。めかしてなんていませんわ」

「違えねえ。しかし女将さんは普段どおりのつもりでも、周囲にとっちゃそうはいかねえ。何せ、この辺じゃあ女将さんほどの美人なんてどこを探してもいねえんだから」

「お上手だこと。たまにはお店にも顔を出してくださいね」

去っていく女将の後ろ姿と隣の山本の横顔を交互に見ていると、豊は嫉妬心に似た気後れを感じた。喜久萬は、少し品のいい小料理屋だが、日本橋界隈では彼女目当てに大勢の男がやってくる有名店である。

「いつもながら、小股の切れ上がったいい女だな。在りし日の陸奥《むつ》亮子《りょうこ》と言っても過言じゃない」

山本が、にやけた顔で言った。

「ああ、高嶺の花だけどね」

「なんだ、奥村らしくないな。戦はやってみなけりゃわからんもんだよ。ロシア帝国にさえ、日本は勝利したんだ」

「この場合は、戦とは違うさ。第一、女将には政治家が言い寄っても相手にしなかったという噂もある」

「馬鹿だな。とにかく行動しなければ結果は無いんだよ。だからまずは独立して金をどっさり稼ぐしかない。そして喜久萬で女将の顔を見ながら毎日酒を飲むんだよ。もしかしたら、その先に何かいいことがあるかもしれん。幸いなことに、女将は後家さんだ」

鈴子は喜久萬三代目の一人娘で、今年で二十八歳になる。二十歳で見合い結婚したが、夫を二十二歳のとき病気で早々に亡くして以来、再婚もせず店の仕事に専念してきた。一つには、母親が病気がちで仕事ができない身体になったこともあり、責任感の強い鈴子が若女将として切り盛りしているのである。子宝に恵まれず、両親としては再婚して欲しいと思っていたが、鈴子自身にその気がなかった。

「おい、何をぼんやりしているんだ。まさか、本気で女将に惚れてるのかい」

山本が、からかった。

「山本の言うとおりだ」

「そうなのか……」

「いや、金を稼いで喜久萬で豪遊するってことだ」

真顔で豊の顔を覗き込む山本に、豊は照れ隠しで答えた。

三

河岸引き（正午）になり、明治四十三年の初セリが終わった。魚河岸に元旦以外の休みは無く、二日から仕事始めである。しかし実質は休みなど無く、元旦は年始の挨拶に来客があったり、こちらから出向いたりと普段以上に忙しい。慣れないテツは、休みが全く無いことに腹を立て、年始早々文句ばかり垂れていた。これから店に戻って帳簿の整理をする予定だった豊は、帳簿のつけ方をテツに教えようと思っていたのだが、辺りを見渡してもテツの姿が見えなかった。

「どこをほっつき歩いてやがるんだ」

豊が舌打ちしたのと同時に、周囲がざわつき始めた。遠くで『喧嘩だ』と叫ぶ声が聞こえた。豊は、咄嗟に嫌な予感がして人の波を掻《か》き分けて走った。人だかりが見えて、その中へ分け入ると、案の定少し先にテツがいた。数人の若い衆相手に独りで喧嘩しているテツの顔は腫れ上がり、どう見ても勝ち目はないのに、テツはめったやたらに頭突きを繰り返している。野次馬たちは、血気盛んに唆《けしか》けていて、市場は狂気に包まれていた。豊は姿勢を低くして野次馬たちの間を縫うように進んで、遂に一番前に到達した。そのとき、相手の若い衆の一人が去年市場でテツと喧嘩した買出し人で、その隣にいる男が日本橋でも有名な札付きの悪だと気付いた。この男は通称『仁《じん》』と呼ばれていて、人を何人も殺《あや》めたことがあるという噂だった。仁と繋がっているということは、テツが喧嘩した相手の買出し人は、厄介な輩《やから》だったということになる。よく見ると、テツの喧嘩相手は総勢五人で、テツを取り囲む輪はじりじりと狭まっていた。そして次の瞬間、例の買出し人がテツを後ろから羽交い締めにし、仁が正面からテツの鳩尾《みぞおち》を蹴り上げた。鈍い音がした後、テツの身体から力が抜けた。しかしそれで終わったと思ったのも束の間、仁は羽交い締めにされたテツの腹を蹴り続けた。

……殺す気か。

豊は、決死の覚悟で飛び出した。

「何だ、てめえは」

テツを背に仁王立ちした豊に、仁の怒り狂った声が響いた。狂気に満ちた喧噪《けんそう》は、一瞬にして静寂にのみ込まれた。そして、テツを羽交い締めにしていた買出し人が、仁に向かって言った。

「こいつの店の番頭だよ。去年は、そいつがお節介で喧嘩を止めやがったんだ。卸売りの番頭で世話になってるからって、俺の兄貴が顔を立ててやったんだ」

「番頭の出番じゃねえ。そこを退きな」

仁が懐から匕首《あいくち》を出して言った。

空気が張り詰め、豊は仁の鼓動を感じた。この男は、本気だ。人を殺めるという大それたことも、恐れていないのだろう。それは、そのときの感情や成り行きといった単純なことを糧にして行動する獣と同じであった。そのときに豊が取った行動は、果たして無謀だったかどうかはわからない。しかし、ここで自分が逃げればテツが殺されるかもしれないという緊迫した状況で、迷いは無かった。匕首を持って間を詰めてくる仁を前に、豊は膝をついた。

「許してやっておくんなさい」

場が凍り付いた。テツは、朦朧とした意識の中で、確かに目の前で土下座する豊を見た。時間までもが、止まったように思えた。ただ例外として、仁の唇と匕首を持つ右手だけが小刻みに震えていた。仁にとって、豊の行動は多少の驚きはあったものの、残念ながら仁の心を動かすものではなかった。静寂の中で、仁の匕首が生き物のように動いた瞬間、凄みのある太い声が響き渡った。

「待ちやがれ」

野次馬の中から現れた声の主を見て、その場に居合わせた者たちは驚愕した。紺色の十徳羽織を着た恰幅《かっぷく》の良い四十男から発せられる凄まじい気迫に、空気までもが畏縮したように感じた。

「一柳《いちりゅう》親分」

誰かが驚きのあまり息を吸いながら声に発した。次の瞬間、その男の周囲にいた者たちが蜘蛛《くも》の子を散らすように後ずさりした。そこに現れたのは、日本橋界隈を縄張りにするヤクザの親分、一柳政國《まさくに》であった。ゆっくりと前に出てきた一柳は、固まっている仁の前で立ち止まった。

「丸腰の相手を刺したとなれば、任侠道の風上にも置けねえ。そうなれば、お前を日本橋に置いておくわけにはいかん」

予想外の展開に、さすがの仁も蒼《あお》ざめた表情で頭を下げた。ひれ伏したまま事の成り行きを見守っていた豊は、話には聞いていたが初めて見る一柳親分の迫力に圧倒されていた。

その感覚は、恐怖というより畏怖に近いものがあった。同じ人間とは思えないほどの人間的迫力があった。仁は最早もぬけの殻のようになり、右手に持つ匕首の刃先は力なく地面に垂れていた。そのとき、一柳親分と視線が合った。

放心状態の豊に対し、一柳は一礼して「うちの若いのが失礼しました」と言って踵を返し、仁は慌ててその後を追いかけていった。


気が付くと、日が沈んでいた。あの後、テツを背負って近くの町医者で手当てしてもらってからの帰り道でテツからの話を聞いた。去年のことでテツに恨みを持っていた買出し人の仲間が、昼前にセリがほとんど終わっていた河岸へやってきて、テツに会わせたい奴がいるといって誘《おび》き出したそうだ。気付いたら、五人に囲まれていて喧嘩が始まったらしい。萎れた青菜のようになったテツの肩を抱き寄せて、暗くなった市場を歩いた。

「テツ、見事なやられっぷりだったな」

テツは、俯いたまま黙っていた。

「しかしよくもまあ、多勢に無勢で喧嘩したな。そこだけは、たいしたもんだ。どうだい、景気づけにおでんでも食って帰るか」

豊は、近くの赤提灯《あかちょうちん》を見て言った。するとテツは立ち止まり、その場で地面に膝をついた。

「奥村さん、すみませんでした。俺なんかのために、土下座までしていただいて。それもあんなつまらない奴に。俺、奥村さんについていきます。仕事で見返してやります」

嗚咽《おえつ》とも怒号ともつかない声を絞り出して、テツは額を地面にこすりつけていた。

「……馬鹿野郎」

豊は小さな声でそう呟いて、テツの散切り頭を乱暴に撫でた。


三月に入ると、道端に張っていた氷もいつの間にか姿を消し、徐々に日も長くなってきて、自ずと魚河岸にも活気が溢れ出してくる。

「奥村の兄貴、今朝のセリも上々のできだぜ。これから帳簿手伝います」

河岸引きで店に戻ったテツは、伝票の束を机に置いて、上機嫌で言った。あのことがあって以来、人が変わったように仕事に精を出すようになった。

「先に昼飯食ってこい」

机に座って事務作業をしていた豊は、山積みされた伝票を見ながら答えた。

「合点承知」

調子よく答えたテツは、一旦店の奥へ入ろうとして、引き返してきた。

「奥村の兄貴、最近考えてたんですけど、奥村の兄貴って、長すぎて呼びづらいんですよね。豊兄貴ってのもいいんですけど、これも何だかしっくりこない。で、どうするか夜な夜な考えてたんですよ」

「他に考えることないのか。奥村さんでいいよ」

「いや、そうはいかねえ。男、熊野哲がついていこうと決心した兄貴分ですぜ。苗字で呼ぶなんて生半可なことじゃご先祖に顔向けできねえってもんだ」

「そうか、うちの田舎は農家でそんな凄いご先祖はいないから、心配するな」

「熊野家のご先祖の話ですよ。いや、そんなことじゃなくて、兄貴の呼び方なんですけど、タカ兄って呼ぶことにしました。ユタカのタカなんですが、語呂がいいし、鷹《たか》みたいで強そうだから」

「俺は、強くないさ。それに、鷹にしちゃ太り過ぎだ」

やっと伝票から目を離した豊が言った。

「何言ってるんですか。俺は、やっとわかったんですよ」

テツは、真顔で続けた。

「小さなことで喧嘩してるような連中は、鳩なんですよ。でも、鷹は鳩よりもうんと高い空を悠然と飛びながら、そんなちっぽけな鳩を見下ろしてるんですよ。強いってのは、そういうことなんですよ。だから、でっぷりでぶでぶでも問題はないんです。そういうわけで、よろしくお願いします、タカ兄」

悪戯《いたずら》っぽく笑うと、テツは奥へ駆けていった。

……悪い気はしないが、何か複雑だな。

豊は布袋腹《ほていばら》を擦って苦笑しながら、テツが戻ったら伝票の整理を頼んで山本の店に顔を出そうと思った。


山本商店の滑り出しは、順調であった。年始早々に仲買業者組合員として正式に組合に認可され、店の改装はほとんどする必要がなかったことで、早々に二月から開店することができた。近海物は主に末広商店から購入しているが、豊が去年から仕入れ始めた青森や函館からの物も栄大から仕入れて取り扱っている。ライバルが目の前で成功しているのを見ていると、やはり嬉しいものだ。そして自分も続こうという気になる。店の中を覗くと、山本は法被姿で机に向かい、伝票の整理をしながら煙草を吸っていた。

「調子はどうだい」

「ああ、悪くないよ」

歯並びのいい山本は、笑顔がよく似合う。

「喜久萬には、早々に行けそうだな」

「まずは借金を返してからだが、この調子で行くと、夏頃には何とかなるかな。でも、お前さんの分までは払わんぞ。早く独立しろ」

「出世払いにしてくれよ」

傍にあった椅子を引き寄せて山本の向かいに座った。

「いつ頃を考えてるんだ」

「正直、三年後だと思っている。最近は店主の仕事を任され始めているが、自分なりにまだ回し切れていないと感じてる。テツに仕事を教えることもあるし、それなりの時間が必要だ。それに、資金をある程度は貯めておきたい。三年後は三十歳になるわけだが、ある意味よい節目だと思っている」

「お前さんがそれでいいならとやかく言わんが」

もっと早くしろと言いたい山本の気持ちは、わかっている。

「それはそうと、今夜の飛石会の会合には出るんだろう」

山本が話題を変えた。豊と山本は、常々飛石会の中心メンバーから頼りにされていた。血の気の多い連中が多い中で、冷静な理論派である山本と温厚で計算が速く弁の立つ豊は、まとめ役として重宝されていた。

「ああ、江戸橋の自治消防隊詰所に七時だったな。山本は、どうするんだ」

「勿論行くさ。何で訊くんだ」

「だって、店舗も板舟権も手に入れたわけだし、わざわざ移転を後押しすることはないじゃないか」

「お前な、そんなこと言うなよ。いつの日か、必ず魚河岸は日本橋を去るときが来る。これは、時代の流れだ。その日が来たら、俺たちが魚河岸を引っ張るんだって約束しただろ。ここで独立を急いだのも、全ては金と実績を蓄えて、魚河岸の中での影響力を高めるためだ」

「わかってるよ。意地悪半分、冗談で言っただけだ」

豊は、移転派として魚市場の将来について非移転派と議論すること自体に抵抗は無かったが、飛石会の会合に参加することには乗り気ではなかった。移転派も非移転派も、顧問に有力者を巻き込んでの政治争いになっていたので、会合といっても顧問の話を聞きながら酒を飲んで結束力を強めるといった趣旨であり、豊の考え方からすれば非生産的なものであったからだ。事実、非移転派は日本橋区の選挙で当選常連の代議士である加藤幸男《かとうゆきお》を、移転派は今年弁護士事務所を日本橋に開業したばかりの木道誉《きどうたかし》を顧問につけていた。

――魚河岸の将来に政治争いを巻き込むのは、甚だ疑問だ。理想的過ぎるかもしれんが、移転派も非移転派も双方納得して新天地で共存共栄する方法を模索すべきだ。

豊はそんな心の内を何度も山本と議論したことがあったが、山本は飽くまでも強硬派で、頑として豊の考えを受け容れなかった。

飛石会の帰り道、豊は一人で歩いていた。まだ居残って飲んでいる連中から引き留められたが、豊は疲れているからと辞退した。山本からも飲み直そうと誘われたが、それも断った。会合自体は盛り上がったが、やはり自分たちの正当性だけを主張して相手を批判するばかりの姿勢が馴染まなかった。だからといって、豊一人ではどうすることもできない。

……だから、早々に独立して魚河岸での自分の地位を向上させて、金をごっそり稼いで力をつけるんだよ。

星空からそんな山本の声が降ってきそうだった。

四

明治四十五年五月十五日、第十一回衆議院議員総選挙が行われた。日本橋区では、移転派の顧問である木道誉も出馬したのだが、惜しくも落選となり、非移転派を擁する加藤幸男が当選した。そして、飛石会の落胆と山川会の安堵の余韻が残る夏のとても暑い日に、明治天皇が崩御された。

七月三十日、元号が大正となり、日本の文明開化は更に進む気配に満ちていた。豊もまた、この節目を転機と考えていた。栄大の商売は順調に伸びていて、テツも一通り仕事が板についてきた。店舗については、山本と同じ小田原町に都合のよい物件を見つけていた。栄大の取引先でもある斎藤という初老の仲買人が、そろそろ隠居して店と板舟権を売りたいと去年から言っていたので、相談してみたのである。普段から豊の人柄を気に入ってくれていたこともあり、二つ返事で承知してくれたのだ。

——当初の予定どおり、来年三十歳で独立する。

強い信念で自分に言い聞かせ、豊は主人の新島に自分の意志を打ち明けた。秋彼岸が済み、暑さも和らいで過ごしやすくなった日の夕暮れ時、帳簿の整理も片付いて新島と二人で煙草を吸っていた。豊の気持ちを聞いた新島は、俯いたまま暫く黙っていた。右手の人差し指と中指の間に挟んでいる煙草の灰が長くなり、枝から落ちる雪のように土間に落下した。いまだ半分以上残っている煙草を灰皿に捨てると、新しいものに火を点けた。

「俺としては、長くいて欲しいんだが、どうしてもと言うんなら仕方ねえ。具体的にどうするかは、考えてるのか」

「はい、仲買として栄大から主に引きたいと思っています。小田原町の斎藤さんが間口七尺の店を貸してくれることになっていて、板舟権は譲渡してもらいます」

「資金は、あるのか」

そこが一番の悩みであった。豊は、できれば新島が貸してくれることを心の中で期待していた。

「その点については、これからです。できれば店主に相談させていただければと思っているのですが……」

新島が、少し困った顔をした。

「額によるが、うちもそんなには余裕がないから」

そんなはずはない。商売は順調で、豊が新規開拓した取引も大きく伸びていて、利幅も潤沢に取っている。豊を手放したくないことと、やはり自分から離れていく人間に情けをかけることに抵抗があるのだろう。

「店の敷金が百四十円、備品と板舟権が五十円で合計百九十円必要です。自分の貯めた金が二十円ありますが、できたらそれは運転資金に充てたいと思っています」

栄大からすれば、はした金である。

「まあ、栄大から引いてくれるんだし応援はするけれど、五十円が限界だ」

豊は耳を疑ったが、店主がそういうなら仕方がない。

「わかりました。ありがとうございます」

頭を下げながら、豊は埼玉の実家に頼るしかないと思った。

栄大に休みをもらい、久しぶりに帰省した実家で出迎えてくれた両親は、豊の話を聞いて驚いた。

「あんた、久しぶりに帰ってきたと思ったら、いきなり金の無心かい。しかも百二十円なんて大金、うちにあるわけがないだろう。それに、独立なんてやめておきな。せっかく働き口があるっていうのに、なんでまたわざわざ危ない橋を渡るんだね」

母親のとめは、独立には猛反対だった。

「お父さんも、何か言ってやっておくれよ」

横で黙って聞いている父親の繁《しげる》は、胡坐をかいて腕組みしたまま目を瞑って黙っていた。一頻《ひとしき》りとめの小言が出尽くして沈黙が訪れたとき、漸《ようや》く繁は口を開いた。

「勝算はあるのか」

「負ける戦は、しないつもりです」

「いつからそんな頼もしい男になったんだ」

繁は、日に焼けた皺《しわ》だらけの顔を綻ばせて笑った。

「次男のお前には、今まで何にもしてやれなかった。代わりと言っちゃあなんだが、田圃《たんぼ》をいくらか売って用立ててやる」

「ちょっと、お父さん。何を言い出すんだよ。素人が商売やったって、上手くいくはずがないじゃないか」

とめは、慌てて繁の二の腕を摑《つか》んだ。

「お前は黙ってろ。俺が豊と話しているんだ。こいつは、小さい頃から頭がよくて人望も厚かった。でも俺は親として何にもしてやれなかった。親にこんなことを頼むのは、さぞかし辛かったろう」

豊は、繁に頭を垂れた。

来年の春までには金を用立てると言ってくれたことで一安心して帰途についた豊は、汽車の中で親の有り難さをしみじみと感じた。正直、半分は諦めていた。新島からすれば、義理で幾ばくかの金は出すと言わざるを得なかったものの、なるべく豊が残りを自分で用立てることができないようにと計算して提示した支援金が五十円だったはずだから、きっと腰を抜かすことだろう。田圃をいくらか売るといっても、簡単ではないことくらいわかっている。それを即決してくれた繁に感謝するのと同時に、必ず成功させて二倍、三倍にして返そうと決意した。

大正二年七月七日、豊は遂に自分の店『豊國《とよくに》』を小田原町に開店した。場所は、山本商店の斜め向かい側である。仲買業者として取り扱う品は、東京近海物に加えて自身で開拓した東北や北海道からのマグロ、タイ、カニ等の高級物であり、全て栄大から引いていた。豊が資金調達を無事に済ませたことを知った新島は、聞いたときこそ動揺していたが、一旦諦めるといろいろ助けてくれるようになった。商売人とは、調子がいいものである。

豊は仲買業者の中でも評判がよく、瞬く間に商売は軌道に乗った。それなりの困難を予想していた豊は、少し拍子抜けした。魚河岸での商売では、値切りのやりとりで買出し人との喧嘩は日常茶飯事であったが、豊はそういったことが全く無かった。温厚な性格もあったが、やはり人間の器というものが大きかったのだろう。

「奥村、明日は喜久萬だ。遅くなったが、開店のお祝いをしよう」

山本がそう言ってきたのは、夕立が止んで少し涼しくなった盆明けの夕暮れ時であった。

「そりゃあ嬉しいな」

豊が答えると、これから喜久萬の予約を取りに行くと言い残して、山本は江戸橋のほうへ歩いていった。

──喜久萬か。店へ行くのは初めてだな……。

豊は、中川鈴子の美貌を思い起こした。豊國を開店した日に、鈴子は顔を出してくれた。店用に高級物を仕入れたいということであった。豊は、函館の円火から引く高級物を紹介し、すぐに取引は始まった。

翌日、夕方の五時に山本は迎えに来た。暑い日だというのに、白い長袖シャツの上から薄手のショールを羽織っている。灰色のズボンに茶色のブーツを履いていて、見た目では魚屋とは到底思えない。豊といえば、いつもどおりの着流し姿だったが、さすがにこの違いを目の当たりにしては、近いうちに洋服を買いに行こうと思った。

喜久萬はカウンター席だけで十五人も入れば満員になる小さな店であるが、元々はテーブル席だったのを鈴子の父親が明治三十年に近代化と称してカウンター席に換えたのだ。話好きの客はこれを喜んだし、それにも増して鈴子が給仕するようになってからは客足が途絶えることはなく、常に予約をしないと入れない有様であった。暖簾《のれん》をくぐると、白いブラウスを着こなした鈴子が出迎えてくれた。店内はすでにほぼ満席で、組合関係者や運送業者等、魚河岸では顔の知れた者たちが大半であった。鈴子は豊たちに一番奥の席を用意してくれていた。着座するとすぐに蛸《たこ》の酢の物を置いてくれた。

「サクラビール」

山本が注文すると、鈴子は冷蔵庫から冷えた瓶のサクラビールを取り出して、二人のグラスに注いでくれた。ビールを目の高さまで掲げて乾杯して、二人共一気に飲み干した。

「美味《うま》い」

思わず二人同時に声を絞り出した。

「そうだ、飲んでからで悪かったが、独立おめでとう」

「ありがとう。何だか照れ臭いな」

二人は、お互いの空になったグラスにビールを注ぎ足してから、日本酒を注文した。

「何言ってるんだ、全てはこれから始まるんじゃないか。俺たちは、魚河岸の未来を背負ってるんだ」

先付の蛸酢を旨そうに嚙《か》みしめながら、山本は満足気に言った。料理は、何を頼んでも小料理屋の域を超えていて、料亭といっても差し支えないほど上品で繊細なものばかりであった。その味を褒めると、鈴子はすかさず豊國が回してくれる函館の魚介がよいからだと謙遜した。鈴子の仕草はそつがなく、客たちは話しながらもその視線は皆彼女を追いかけていた。山本とは、いつも日本橋魚河岸の未来についての議論になる。これから巨大化する東京の台所としての責任、地域社会との共存、そして全ての流通過程に関わり合う者同士が対等に享受できる利益をもたらせるような機関になるべきだというのが二人の持論で、それは権力との闘いでもあった。鈴子はそんな二人の話を遠巻きに聞きながら時々酒を注いだりして色づけてくれた。これまでは仕事一筋で遊びというものを一切してこなかった豊にとって、旨いものを食べて女性の酌で酒を飲むという細やかな楽しみが、これほどまでに自分を元気づけてくれるとは思わなかった。この日以来、豊は山本と、あるときはテツと、またあるときは一人で喜久萬を訪れるようになった。

独立からちょうど一年が経過した大正三年七月十日、そろそろ寝ようと思っていた矢先に、テツが血相を変えてやってきた。

「タカ兄、大変だ。開けてくれ」

ひき戸をたたきながら張り上げる声を聞いて、ただごとではないことがわかった。玄関先に立っていたテツは、新島が夕刻急に倒れたことを早口で説明した。慌てて店を飛び出した豊は、暗闇の中をテツと一緒に栄大へ走った。店に着くと、応接間で節子が魚市場の組合長である産形恵造《うぶかたけいぞう》と神妙な面持ちで話していた。豊を見るとすぐに駆け寄ってきて、奥の部屋に新島が寝ているから行ってやって欲しいと悲壮な表情で言った。応接間の隣に四畳半の部屋があり、新島はそこに寝ていた。枕元には長男の亙が正座して、奥村のおじさんが来たと新島の耳元で伝えた。新島は真っ赤な顔をしてうんうんと唸《うな》っていたが、聞き取りにくい掠《かす》れた声を絞り出した。

「おく……むら……」

豊は、耳を新島の口元に近づけた。

「もど……て……きて……くれ」

豊は、少し離れて新島の目を見た。

「た……の……む」

新島は、虫の息で何度も同じことを繰り返した。新島が深刻な状態であることは理解できたが、一体何が起こったのか訳がわからず、豊は隣に座っているテツに小声で訊いた。

「店主、どこが悪いんだ」

「俺も詳しいことは聞いてないんです。夕方急に倒れて医者が来て、次に組合長がやってきて、タカ兄を呼んでくるように女将さんから言われただけなんで……」

暫しその場に座り込んでいると、産形との話を終えた節子がやってきて、豊だけ隣の応接間へ来るように促した。節子はお茶を淹《い》れて豊の手前に置くと、残念そうに状況を説明した。

「夕方、急に足元がふらついて呂律《ろれつ》が回らなくなったんでお医者さんを呼んだら、脳溢血《のういっけつ》だと言われました。病院へ行っても手の施しようがないということなので、このまま家に寝かせておくことにしました」

「脳溢血ですか……。それはお気の毒です」

「お医者さんの話だと、一週間もつかどうかということです。今はもう、現実を受け止めて栄大をどうやって切り盛りするかを考えています」

一息ついてから、節子は話し出した。

「新島は、奥村さんに戻ってきてほしいと願っています。倒れたとき、自分の運命をわかってか、奥村さんに戻るよう頼んでくれと言われました。私も同感です。勿論、虫のいい話だということはわかっています。去年せっかく自分の店を構えられたところに戻ってくれなんて申し訳ないとは思います。でも、奥村さんしか栄大を切り盛りできる人はいない。それに元はと言えば、魚河岸で今日の奥村さんがあるのも、新島が奥村さんを雇って育てたからじゃないですか。新島の恩に報いるという意味でも、何とかここは協力して欲しいんです。亙はまだ十五歳です。せめて亙が一人前になるまで力を貸してくださいな」

新島のことは気の毒であったが、豊としては、そう言われたところで栄大に戻ることは考えられなかった。去年漸く独立し、何とか軌道に乗ってきたところで、再度雇われの身になるほどお人好しではない。しかし節子にここまで言われて即座に切って捨てるわけにもいかず、豊は一旦考えさせて欲しいと言って栄大を後にした。


「お前、何言ってるんだよ。そんな話、今すぐ断ってこい」

次の日、仕事を片付けてから山本商店へ行き、事の顚末《てんまつ》を話した途端に山本は憤った。

「わかってるよ。俺だって、そんなにお人好しじゃない。でも、ああ言われて一刀両断に断ることもできなかったんだ」

「それをお人好しというんだ。時間を置けば、相手に期待を持たせるだけだろう。とにかく、今すぐに行って断るんだ」

その後も山本に散々説教された豊は、萎れて店に帰り、二階の寝室から夜空を眺めて故郷の両親のことを考えていた。こんなとき、相談したいのはやはり父親であり母親だ。自分の店を経営しているのだから、別に一日休んで会いに行くことは然程問題ではない。しかし、豊國に買いに来てくれる者たちがいることを考えると、そう簡単に休むわけにはいかない。ましてや、両親に相談したところで返ってくる返事は親子だからわかっている。豊の好きにすればいいが、義理と人情は大切にしろというだろう。満天に輝く星々の光を眺める豊の脳裏に、親玉での奉公時代に八卦見から言われた言葉が蘇《よみがえ》った。

『この店の中だけでなく、そんじょそこらの人が持ち合わせる運とは比べ物にならない。あの小僧さんは、いずれ途方もないほどの大を成すことになるでしょう』

流れ星が一つ、白い糸を引いて消えていった。そのとき、豊の頭にある考えが浮かんだ。


翌日、仕事が片付いた後に豊は栄大へ行った。応接間で節子と正座して相対した豊は、自分の考えを述べた。

「女将さん、栄大に戻る覚悟をして参りました。但し二つの条件があります」

一瞬顔を綻ばせた節子は、続く言葉で即座に表情を引き締めた。

「豊國を畳むわけにはいきません。私が栄大に戻る間は、テツを貸してください」

節子の表情が柔らかくなった。そもそも節子は、乱暴なテツのことが気に入らなかったからだ。気がかりなのは、残る一つの条件である。節子は、背筋を伸ばした。

「平田舟権、半分豊國にください」

節子は、開いた口が塞がらず、俯いてしまった。思いもよらぬ要求であった。平田舟権というのは、組合から卸業者に与えられる桟橋使用の権利であるが、半分に分割できるようなものではない。

「奥村さん、ちょいとあなた、何を言ってるの」

豊は、節子の動揺を受け流した。想定の範囲内である。

「豊國は、お陰様を持ちまして開店わずか一年ですが順調に商いをさせてもらってます。親元への借金も、完済できました。これから益々発展させる自信もあります。しかしここで私が栄大に戻るとなれば、いかにテツが頑張っても私が思い描くほどの結果を残すことはできません。しかし卸業者としてもある程度やらせていただけるのであれば、栄大と相互協力して共存共栄できると思っています」

節子は、俯いたまま少し動揺して答えた。

「そんなあなた、半分おくれなんて言ったって、私にはどうすることもできやしないわよ」

「いや、女将さんにならできる」

節子は、漸く顔を上げた。

「店主と組合長の産形さんは、昔から懇意の仲です。だから昨日もすぐに飛んできた。僕が駆けつけたとき、産形さんは心底から心配して女将さんに気遣われていました。女将さんもご存じのように、組合は基本的に平田舟権の新規発行をしないことになっています。だから既存の権利を譲渡するしか普通は方法がありません。しかし、これはあくまでも基本であって、例外が認められることはあります。その例外を認めさせるには、まずは潤沢な資金が必要となります。そして同時に、組合からの信頼も厚くなくてはなりません。豊國が出せる資金は限られていますが、栄大が保証人になってくれるなら、組合は首を縦に振るはずです」

「保証人なんて……」

節子は、どうしていいか見当もつかなかった。豊國が仲買兼卸売業者として事業拡大することと自体は構わないが、何かあったときは栄大が責任を負うことになるという不安と、豊を逃がすわけにはいかないという焦燥が交互に入り混じって、ただ茫然《ぼうぜん》としていた。

「女将さん、上手くいかなかったときに栄大が不利益を被ることを心配されているのでしょうが、豊國は間違いなく大きく成長します。栄大と豊國は、私が責任者である限り、助け合うことができます。栄大にとって損はありません。店主だって、それを期待して私が戻ることを望まれているのだと思います」

暫し沈黙の後、節子は言った。

「わかりました。産形さんに相談してみましょう」

二日後の午後三時過ぎに、節子は豊國へやって来た。産形は豊が栄大に戻ってくれることを心から喜んでくれ、快く平田舟権を豊國へ特別に新規発行すると約束してくれたそうだ。

「明日にでも、組合へ申請書を出して欲しいと言われました」

そう言って申請書を豊に渡すと、節子はいつから豊が栄大へ戻ってくれるか尋ねた。

「平田舟権が下りてから、仕入れ先との調整とテツへの引き継ぎにひと月ください」

「何とか半月にならないかしら。今は私と亙が何とか店を切り盛りしていますが、仕入れの交渉やセリ売りはさすがに限界があるので、一日でも早く来て欲しいのよ」

節子にしてみれば、もうすでに女将さんと従業員の間柄に戻っているようだ。豊は、心の中で苦笑いした。

「わかりました。何とかしましょう」

その日の夜、豊は山本にこの話をしたところ、途中で胸ぐらを摑まれて危うく殴られそうになった。話は最後まで聞けと何とか宥《なだ》めながら説明し終えた途端、今度はでかしたと言って抱きしめられた。

「奥村、お前って奴は、転んでもただでは起きねえ。いや、むしろ転んだことを有利に転じさせる力を持っている。栄大へ戻る条件に平田舟権を発行させるという離れ業をやってのけるとは、なんてしたたかな奴なんだ。しかも栄大と豊國を実際に経営するのは奥村だから、仕入れ先には二店分の量で交渉できる。何をやるにも有利なわけだ」

山本は、豊を手放しに称えた。次の日、組合へ書類を提出し、即日受理されて平田舟権が豊國に授与された。本来であれば入念な審査があるのだが、栄大の推薦と豊の日本橋魚河岸での信用が相まって、形式的な審査だけで済んだのだった。その夜はまた、喜久萬で祝った。

「今日は、こいつの奢《おご》りだ」

山本はそう言って、食べきれないほどの料理と酒を注文した。

「女将さん、こいつはそのうちに魚河岸の親分になるかもしれないぜ。唾《つば》つけるなら、今のうちだよ」

「あら大変。もっと精進しないと他の店に取られちゃいますね」

悪戯っぽく笑う鈴子の顔は、非の打ち所がないほど端正で、豊は自分と同じ人間ということを疑いさえした。鈴子は小さな瓜実顔《うりざねがお》で、額は控えめに盛り上がっていて、目は大き過ぎず小さ過ぎず、厳選された扁桃《へんとう》のようで、日本人離れした深い二重瞼《ふたえまぶた》と長い睫毛《まつげ》が、妖艶な色気を醸し出している。釣り合いの取れた両目の真ん中から潔く伸びる凛《りん》とした鼻筋は、湯気をも凍らせるほどの清涼感を放ち、その下には真珠のように滑らかな桜唇が遠慮がちに添えられている。日本橋はおろか、日本中を探したところで、果たしてこれほど圧巻の美女がいるだろうか……。

「奥村、何を呆《ほう》けてるんだ」

思わず鈴子に見惚《みと》れていた豊は、いつしか山本の話もそっちのけで空想の世界に浸っていた。

「いや、いろいろなことが一度に起こって疲れていたんだ。申し訳ない」

「嘘《うそ》をつけ。お前、女将さんに見惚れてたんだろう」

肘で肩を突かれた。図星なだけに返せなかった。

「なあ、山本。俺の顔をどう思う」

「はぁ、お前さんの顔をどう思うって。何だそりゃ」

「聞いてるんだよ。率直に、どんな顔だと思うか」

山本は腕組みして暫し考えていたが、やがて両手をポンとたたいた。

「あれだな、熊だ」

「熊か……」

「いや違うな。狸《たぬき》……。いや、布袋さんかな……」

「もういいよ」

――所詮釣り合うわけがない。

豊が心の中で呟いたとき、やりとりを聞いていた鈴子が大きく口を開けて笑った。

それから三日後に、家族に見守られて新島は静かに息を引き取った。豊が栄大に戻ることもしっかりと理解して、安心した表情のまま五十一年の生涯を閉じた。

五

衆議院議員総選挙に二期連続で落選していた移転派の木道誉は、大正六年の第十三回衆議院議員総選挙で遂に初当選した。これもひとえに、飛石会の若い力が精力的な選挙活動を継続してきた賜であり、さすがに山川会の落胆と動揺は大きかった。移転派と非移転派の衝突は日を追うごとに激しくなり、次第に新聞紙面にも掲載されるほどの社会問題に発展していった。しかし如何に移転派が声を上げようと、やはり徳川幕府開府以来三百年以上の歴史と伝統を持つ特権階級勢力の抵抗を前に、結局具体的な進展に繋がることはなかった。

一方、栄大と豊國の経営は順調であった。栄大は、豊が実質経営者として手腕を発揮すると、面白いように業績が上がった。豊國のほうも、テツが期待以上に実力を発揮してくれて順風満帆であった。大正七年には結婚もして、豊は恐らく人生で最も充実した時間を過ごしていた。しかも、妻にしたのは中川鈴子である。これには山本をはじめとして、日本橋魚河岸中がひっくり返るように驚いたものである。喜久萬へ来る男客は、本気であれ遊びであれ例外なく鈴子に近寄ろうとしたものだが、豊だけは少し違っていて、距離を置いていた。それが反対に鈴子の琴線に触れたのだろうというのが大方の見方だった。鈴子は、豊と結婚するにあたり、喜久萬の経営からはすんなりと手を引き、料理長夫婦に譲った。鈴子の両親も、それで何の文句もなく隠居の身となった。鈴子は豊の仕事をよく手伝い、家事も人一倍行ったので、豊は東国一の幸せ者だと周囲から揶揄《からか》われた。そして翌年の初春、鈴子の懐妊がわかって間もなく、山本が一世一代の勝負をかけると言ってきたのだった。

「奥村、俺も遂に勝負するときが来たようだ」

嬉々として話す山本の表情は、少年のようであった。

「海神組《かいじん》と共同会社を造るだって……」

いきなり何を言い出すのかと驚いた豊は、大きな声を出してしまった。

海神組とは、最近になって登場した冷蔵運搬船として開発された石油発動機船を用いて、朝鮮で獲れた魚を遠洋運搬する下関《しものせき》を根拠地とした有力海産物商である。日本橋の魚市場でも、海神組と焼印されたトロ箱が最近滅法増えている。このところ急成長しており、海神組と㊩森広《もりひろ》商店の二つが双璧であった。他の主要都市では、このどちらかの荷主と取引する荷受問屋が勢力をなすと言われるくらいであった。日本橋市場が扱うのは主に近海物であり、一部冷蔵船の採用もあるにはあるが、大半は旧式の漁船であったので一般に手当てが悪く樽入りで鮮度が落ちやすかったのに対して、冷蔵運搬船の魚は海上で冷やして箱詰めし、氷を載せて運搬してくるので鮮度という点で近海物よりも高品質なことが多かった。その海神組と共同会社を設立するということ自体は凄いことであったが、実は大きな問題があった。それは、組合が法人での組合員を認めていないことだ。そもそも組合に加入するには、五年以上の勤続が条件になっている。共同会社の代表者が山本であることはいいが、もし仮に山本が代表から退いて全く無関係な者に代わった場合も認めざるを得なくなってしまう。原則的には、その場合会社を解散してもらわなければならない。

「奥村、そんなことを言ってる時代か。いいか、これから日本の経済は個人業からカンパニーに代わるんだよ。魚河岸がいつまでも旧態依然とした形式に拘っていれば、そのうち崩壊してしまう」

「だって、規則は規則じゃないか。山本は、どうやって組合を説得する気なんだ」

「押し切るさ」

「強気だな。慎重な山本らしくない」

「俺は、勝つ喧嘩しかしないよ」

「どういう意味だよ」

「知ってのとおり海神組は、下関を拠点にして九州全土と関西を中心に勢力をふるっているが、最近は関東にも進出している。今に、日本を代表する海産物商になるだろう。彼らは多くの政治家や有力者と相互扶助の関係にある。そんな人間関係を辿《たど》っていけば、日本橋魚市場の有力者にも行き着くってことだ。それに、飛石会の木道先生にも相談したが、法律的に会社は法人といって人間じゃないけれど人格を認められているらしい。生身の人間しか組合に入れないなんて、筋が通らないんだ。俺は組合がとことん受け入れないなら、出るところへ出て戦うつもりだ」

「つまり、裏からも手を回すし、必要とあらば表でも勝負するということか」

「そうだ。海神組は資金繰りも全面的に支援してくれる。だから、平田舟の使用権も組合として新規発行しない理由はない。俺はこれを機に、卸売専門業者として脱皮するんだ」

山本は、自信満々であった。豊は、山本という人間の強さに改めて感服した。普段は臆病なくらいに用意周到だが、いざ勝負するとなると猪突猛進《ちょとつもうしん》だ。これほどの熱意と信念があれば、間違いなく望みは成就するだろう。

総勢約千三百名の組合員の内訳は、卸売専門が十七名、豊國のような問屋兼仲買業者は六百七十五名、残りは仲買専門や小売り業者であったが、その中でも卸売りのみに専業する者はとりわけ規模の大きな成功者であった。元々業者に明確な分化はなく、いつの間にか市場に集まってきた魚商人たちの中から一握りの成功者たちが問屋専業になっていった経緯を考えれば、山本は真の成功者と言えるだろう。

「山本さんが、そんな大事業をされるのですか」

洗濯物を畳んでいた鈴子が、驚いて言った。

「うん、これが上手《うま》くいけば、日本橋魚河岸に新たな血を吹き込むことになる。個人の信用だけで成り立ってきた商売形態が、会社という新しい概念を受け容れることは、間違いなく魚河岸の近代化を推し進めるだろう」

「でも、海神組のような大きな会社が、山本さんに目をつけたのはなぜかしら」

「それは、多分彼らの人脈をもってすれば誰が有能かくらいは調査できるのだと思う。まず、日本橋へ彼らが進出する場合、非移転派に声を掛けることはない。自分らの既得権を守ることしか考えていない連中に新しいことを持ちかけても動かないことは明白だからだ。そうなると、移転派から選ぶしかないわけだけど、威勢がいいだけの連中に共同会社設立の話を持ちかけたところで埒《らち》が明かない。その中でも明確に魚河岸の将来を考えている聡明な人物が望ましい。そう考えると、選択肢はそんなに多くない」

「山本さんか奥村ってわけ」

鈴子は、悪戯っぽく笑った。

「馬鹿だな。買い被り過ぎだ。俺なんか、お呼びじゃないよ。それに、栄大からの引き際をどうするかで頭が一杯だ」

栄大に戻ってから丸五年が経っていたが、互も今年で二十歳になっていた。まだまだ若造ではあるが、父親似の経営センスを持っていて、人当たりもよい。十八歳くらいから急に成長し始めたのだが、最近では豊に対して意見してくることもあり、豊としてはそろそろ引き際かと思い始めていたのだった。

四月の終わりに海神組と山本が起こした株式会社東京中央水産は、山本が言っていたとおり、晴れて日本橋魚河岸の法人第一号の組合員となり、平田舟権も新規に発行され、いきなり日本橋の最有力魚問屋の一角に躍り出た。アジ、サバ、サワラといった青物は特に優良品で、瞬く間に東京近海物を抑えて日本橋魚市場で主役に躍り出た。そして新聞は、東京中央水産の成功を日本橋魚河岸の新たな時代の幕開けと書き立て、飛石会も益々移転派の活動を活発にしていった。

山本の肩書きは、店主から社長に替わり、専務以下四人の役員が海神組から派遣されてきた。他に役員が二名いて、山本の親戚から選出されていた。つまり、山本側から三名、海神組から四名という計算になる。持ち株比率は海神組が五十一％、山本が四十九％となっているが、経営は山本に一任されていた。日本橋魚河岸の顔となった山本は、一気に権力層との関係も深め、公私ともに盤石の礎を築いた。

一方それを見て焦ったのが、下関で海神組と双璧と言われた㋲森広商店であった。今年人口三百万を突破した東京は、今後益々巨大化することが約束されており、海神組と同様に日本橋の卸売業者と活発的に商いを増やしていたのだが、自ら会社を設立して乗り込むという点で、完全に後れをとっていた。一つには日本橋魚市場の組合が法人を認めない方針であったからではあるが、海神組は政治力と山本という優秀な人材と組むことで可能とした。それならば、追いつけ追い越せということになり、早速日本橋の卸売業者の中で移転派に属する者を選定し、人選が始められた。

今年初物の栗《くり》ご飯を美味しそうに食べる豊は、すでに三膳食べているというのに、空になった茶碗を鈴子に差し出した。

「まだお食べになるのですか。そろそろやめておかれたほうがいいんじゃありません」

「固いこと言うなって。丹波《たんば》栗の初物なんだから。それに、栗がたくさん入ってるから米が少ないいんだよ」

子供のような笑顔を見せる豊を前に、鈴子は笑いを噛み殺しながら四膳目のご飯を入れた。今日の豊は、いつに増して上機嫌である。帰るなり、大粒の丹波栗がはち切れんばかりに入った袋を鈴子に渡すと、栄大を辞めてきたと言って清々しく笑った。

「テツはこれまでどおり、豊國の従業員だ」

豊は、嬉しそうに言った。亙が一人前になった以上、栄大にテツは必要ない。節子としては豊に番頭として残って欲しかったが、豊國に戻るというのなら仕方ない。それなら、テツを引き取ってくれと遠回しに言われたのだった。無論、豊にとっては願ってもない話だ。

「あっ、そういえば今日貴方の留守中に木道先生が来られたのよ」

鈴子は茶碗を手渡すとき、思い出したように言った。

「木道先生って、飛石会顧問の……。何の用だったんだ」

「わからないわ。貴方が留守だと聞くと、また来ると言われて帰られたの」

木道とは、一昨日の夜に飛石会の会合で出会ったが、いつもと変わらない様子で、わざわざ家にやってくるのは不思議であった。

翌日、仕事をある程度片付けた豊は、残りをテツに任せて小舟町《こぶなちょう》にある木道法律事務所へ赴いた。木道は幸いにも事務所に居て、豊の来訪を大変喜んだ。

「奥村さん、よく来てくださいました」

「昨日は拙宅にお越しいただいたみたいで、留守にしており申し訳ありませんでした」

「いやなに、こちらが約束もせず押しかけたのですから、謝るのは私のほうです」

応接室の大きなソファにゆったりと腰を沈めて対面した木道は、そう言って煙草に火を点けた。二人で煙草を吸いながら当たり障りのない世間話を少し交わした後、短くなった煙草を徐に大きなボヘミアガラスの灰皿に丁寧に揉み消してから、木道は本題を話し始めた。

「奥村さん、昨日ご自宅へお邪魔したのは、ちょっとした提案をお持ちしようと思ったんです」

「提案……、ですか」

「はい、奥村さんにとって損はないと思われる提案です」

真っすぐに豊を見つめてくる木道の視線に差し込まれて、豊の表情は一瞬硬くなった。

「マルモさんが、日本橋に魚問屋としての会社を設立しようと考えています。海神組と同様に、単独ではなく誰かと共同会社を設立することを希望されています」

そこで言葉を切って意味ありげに小さく微笑んだ木道の表情を見て、半年ほど前に鈴子が冗談っぽく言っていたことを思い出した。

「マルモ……。下関の森広商店さんが、もしかして私と……」

力強く頷く木道に、豊は釈然としないまま黙っていた。

「奥村さん、実は海神組が共同経営者を探していたときも私が相談を受けました。彼らが作成した名簿の筆頭には、奥村さんの名前が書かれていました。しかし、奥村さんは当時栄大に従業員として戻られていたので、この話はうまくいかないと考えて二番候補だった山本さんに絞ったのです。マルモさんが今回私に提出してきた名簿にも奥村さんの名前は筆頭に書かれていましたが、同じ理由で他の人に声を掛けようとしていました。しかし昨日飛石会のメンバーから奥村さんが栄大を辞められたと聞いたので、いの一番で飛んでいった次第です」

豊は、自分が栄大を辞めたことなど誰も知らないと思っていたので意外に思ったが、それ以上に海神組までもが自分に白羽の矢を立てていたという事実に驚いた。

「私を評価していただくのは有り難いことですが、正直そこまで言っていただけることが信じられません」

「奥村さん、あなたと山本さんは日本橋魚河岸の中では一目置かれた存在です。とりわけ移転派の中では言うまでもありません。それに、大きな市場といえども閉鎖的な社会です。些細《ささい》な情報でも、その日のうちに隅々まで行き渡ります」

いきなり降ってわいた話に、豊は言葉が出てこなかった。うまい話であることには、間違いない。事実、山本を見てもまだ会社設立半年というのに自他ともに認める成功を収めている。しかし、だからといって鵜《う》呑《の》みにしていいかどうかは別の話だ。

「正直言って、こんな棚から牡丹餅《ぼたもち》のような話をいきなり聞かされて二つ返事で引き受けてもらえるとは思っていません。しかし、奥村さんにとっては、千載一遇の機会だと思います。先方は急いでいますが、私からは本命が狙えるまたとない巡り合わせがやってきたので、暫し待つように伝えます。二週間を目途に考えていただけませんか」

豊は帰り道、豊國の未来について考えていた。平田舟の使用権を得て五年が経つが、半年前から仲買業を止めて卸問屋一本で経営していた。海神組と山本が起こした株式会社東京中央水産も同様で、現在日本橋魚市場組合に属する十八の卸問屋の中では、東京中央水産が群を抜いての一位で、栄大は五位、豊國は七位であった。この調子でこれからも堅実に経営していくのも悪くない。しかし日本橋魚河岸の未来を語り合った山本と肩を並べて競争していきたいという野心があるのも真実で、その山本は今や雲の上の存在になってしまった。

店に帰ると、テツが帰り支度をしているところだった。

「タカ兄、そろそろ上がらせてもらいます」

いそいそと嬉しそうな顔を見て、目と鼻の先に借りている下宿へ帰るのではなく、友達と飲みに行くのだなとわかる。

「テツ、仕事は楽しいか」

一旦店を出てから立ち止まったテツは、振り返って豊の顔を不思議そうに見つめた。

「いや、楽しいっていうか……、無我夢中で時間がすぐに過ぎてしまう感じですかね。でも、どうしたんですか。そんなことを藪から棒に聞いて」

「特に意味は無いよ。ただ、わくわくして仕事しているか知りたかったんだ」

「わくわくですか。うーん……」

テツは、その場で腕を組んで考え込んでしまった。

「もういいよ。ところで、最近喧嘩はしていないのかい」

「また何言ってんですか。やるわけないいじゃないですか」

「テツが栄大に入って間もない頃、俺に喧嘩を売られてもしないのかって聞いたことがあったよな」

「ありましたっけ」

「乾坤一擲の勝負だったら、やるかもしれないと答えた」

「そういえば、そんなこともありましたね。それがどうかしたんですか。まさか、今から喧嘩に行くってんですか。それなら加勢しますけど」

「本当か」

テツは、細い糸のような目を大きく見開いた。

「本気なんですか」

にじり寄るテツに、豊は破顔一笑した。

「殴り合いをするつもりは無いよ」

揶揄われたと思ったテツは、苦笑いしてその場で踵を返した。

「テツ、ちょっと待て。悪かった」

テツも、笑っている。

「なあ、俺が豊國を魚河岸で一番の魚問屋にするために大勝負をするとしたら、テツは最後までついてくるか」

テツの表情からさっと笑みが消えた。

「あったりめえじゃないですか」

元気よく走り去るテツの背中を見ていると、理由もなく勇気が湧いてくるのが不思議だった。

鈴子は、合弁会社設立に関して何も言わなかった。ただ、豊の思うようにすればいいと言ってくれた。二週間の猶予があったが、豊としては一刻も早く返事をしたかったので、二日後に再度木道法律事務所へ赴いた。早速の来訪に、木道は吉報を予感して上機嫌で出迎えてくれた。

「奥村さん、早くもお出でくださって有り難うございます」

木道は、応接室のソファに凭《もた》れて煙草の煙を吐き出しながら言った。

「それで、お気持ちは決まりましたか」

豊は、背筋を伸ばしたまま少し前屈みになった。

「条件次第で、やらせていただこうと思います」

条件次第と言うところが、如何にも慎重な豊らしい。しかし木道としては、この答えで十分だ。

「わかりました。では早速先方にお伝えします。近いうちに下関から詳細の打ち合わせに人がやってくると思いますので、その際にはこちらからご連絡します」

木道はそう言うと、豊に晩飯を誘ったが、豊は丁重に断った。木道にしてみれば、今回豊を無事担ぐことでマルモからは謝礼が支払われるだろうし、移転派の仲間が勢力を伸ばすことは今後の政治活動にも極めて有利だ。その意味で豊を囲い込んでおきたいというのは十分理解できたが、豊にしてみればいまだ海の物とも山の物ともわからない話に初めから盛り上がるのに抵抗があったのだ。

——投機と同じで、儲けが確定するまでは沈黙だ。

豊がそんなことを考えていると、ふとこのことをいまだ山本に話していないことに気付いた。山本なら、何と言うだろう。

東京中央水産は、栄大のすぐ近くにある。栄大が日本橋と江戸橋の丁度中間にあり、そこから十五間程度日本橋寄りに位置している。昔から旅館をしていた二階建ての大型物件であるが、旅館を廃業するという情報をいち早く聞きつけた山本が即座に賃貸契約を結んだのだった。敷地だけで五十坪もある立派な建物だ。玄関を覗くと、数人の従業員が伝票の整理をしていた。

「社長はいるかい」

豊を見て、従業員の一人が慌てて立ち上がった。

「すぐに呼んできます」

少し待つと、綺麗なスーツに身を包んだ山本が出てきた。

「奥村、遂に栄大を辞めたんだってな」

「ああ、そろそろ潮時かと思って」

「正解だ。まあ、入れ」

東京中央水産には、趣味のいい応接室が備わっている。調度品も舶来品ばかりで、豊にはよくわからない。

「蓮《はす》の絵なんか飾ってるのか」

豊は、正面の壁に掛けられている大きな油絵を指さした。

「蓮じゃないよ。睡蓮《すいれん》だ」

「同じだろ。違うのか」

「ほら、よく見てみろよ。水面に浮かぶように花が咲いているだろう。これが睡蓮だ」

「よく知らないが、なんだかぼやけていて摑みどころがない」

「これは、フランスのモネという画家が描いたものだ。印象派の代表格だよ」

「そうか、俺には豚に真珠だ」

山本は、大きな革張りのソファに座ると、ローテーブルに置いてある平たい缶の蓋を開けて豊に差し出した。

「煙草か。これも舶来物かい」

水色と白色のシンプルなデザインに、王冠みたいな絵とローマ字で何やら書いてある。

「ゴロワーズっていうフランスの煙草だ」

豊は少し吸ってから、ゴールデンバットのほうが旨いと言った。山本は、そんなのは気分次第だと言って笑った。

「なあ、ちょっと聞いてほしいんだが……」

「改まって何だよ」

豊は、木道から貰った話を説明した。

「本当か……」

山本は、目を丸くして驚いた。豊は、小さく頷いた。

「条件云々言わずに、絶対やれ。そんな機会は二度とないぞ」

煙草を揉み消して立ち上がった山本は、仁王立ちのまま大きな声で言った。

「まあ、取り敢えずは話を聞いてからだ」

ある程度山本の反応は想像していたが、ここまで興奮するとは思わなかった。

「聞いてみないとわからないことだってあるんだから、落ち着いてくれ。ひとまず一報に来たんだ。詳細がわかれば、すぐに連絡する」
興奮冷めやらぬ山本を何とかソファに座らせた豊は、そう宥《なだ》めた。豊は確かに石橋をたたいて渡る慎重派ではあったが、今回特に慎重になっているのには明確な理由がある。それは、組合との調整だ。東京中央水産が法人として組合員になろうとしたとき、組合が最も拘ったのが山本と海神組の保有株式数であった。組合への加入条件として五年以上の勤続が条件になっている以上、会社の代表者が山本であることはいいが、山本の持ち株数が過半数を割っていることから、もし仮に山本が代表から退いて全く無関係な者に代わった場合も認めざるを得なくなってしまう。そこは海神組の政治力で押し込んだわけだが、豊は同じようにはしたくなかった。何事においても、よいときばかりが続くはずがない。だから組合を敵に回して得なことなど一つもないと考えていた。その意味で、条件面では持ち株比率最低五十%以上というのが大前提だった。

一週間後、Ⓜ森広商店との会合は執り行われることになった。日本橋界隈で誰もが一番と認める高級料亭『緑華亭《りょくかてい》』の一間に通された豊は、木道からⓂ森広商店常務取締役の白石竜一《しらいしりゅういち》を紹介された。先に到着して部屋の空気に馴染んでいる白石は、中肉中背のごく普通に巷《ちまた》で見かけるような四十手前の男だった。少し白髪の交じった頭髪は短く切られていて、小さくて丸い瞳からは鼬《いたち》を連想させた。下座に着いている白石は、恭しく豊に上座を勧めた。木道は、対面した二人の横に行司のように座り、麦酒《ビール》で乾杯した後早速話に取り掛かった。

「奥村さん、お目にかかれて光栄です。この日が来るのを一日千秋の想いで待っておりました。木道先生、御引き合わせ本当に有り難うございます」

「いやなに、私は何もしておりません。巡り合わせがよかったのだと思います。何しろ、奥村さんが栄大をお辞めになられた時期に丁度重なったわけですから」

木道は、満足気に謙遜した。

「白石常務、私なんかにお声掛けしてくださり、大変光栄です。早速ですが、条件面の話をお聞かせ願えますか」

「販売所を共同でやらせていただくうえで、こちらから差し当たって提示する条件はありません。まずは奥村さんの条件をお聞きして、それに対して本社から正式にご回答差し上げるつもりです。奥村さんと組みたいと言っているのはこちらですし、当然のことと考えております。もちろん何でも全てご希望に沿えるかどうかはわかりませんが」

白石は、最大限豊を尊重した。これは、事前に木道と相談して決めておいたことだ。条件次第と言った豊の慎重な性格を、木道は熟知している。かくして白石に対して豊が提示した条件は、三つであった。

一．持ち株比率は、両社折半
二．役員は、両社から同人数を選任
三．マルモ以外の商品も扱う

「他には、ありませんか」

内容を手帳に書き終えて、白石は言った。首を横に振る豊を見て手帳を閉じると、白石は柔和な笑みを浮かべた。

「わかりました。下関へ戻り次第、社長と相談して早急にご返事させていただきます」

「よろしくお願いいたします」

豊が頭を下げると、食膳が並べられ始めた。後は宴会を通じて近しくなるだけだ。こうなると、これまで大人しかった木道の出番である。飛石会の会合ではいつも威厳のある態度で堂々としている木道であったが、なかなかどうして幇間《ほうかん》かと思わせるほど饒舌《じょうぜつ》で場を盛り上げるのが上手だった。白石は九州男児だけあって、酒が頗る強く、途中からほとんど一人で飲んでいた。酩酊《めいてい》した白石は、豊に何度もこの事業は必ず成功し、我々は巨万の富を得るだろうと言った。

それから二週間が経ち十月になって間もない頃に、白石が再び訪ねてきた。今度は木道経由でなく、直接連絡を寄こしてきた。今回も緑華亭を予約すると言われたが、豊は丁重に辞退した。まだ合意していないのに、そこまでしてもらうわけにはいかない。豊は、豊國へ来てもらうことにした。

豊國には木道法律事務所や東京中央水産のように立派な応接室はないが、それなりの応接間はある。小さな中庭が見える六畳の和室で、豊は結構風情があると思っている。白石を上座へ通して二人して座布団の上に胡坐をかいて座った。テツが慣れない手つきでお茶を持ってきて、その姿がぎこちなくて笑いをそそり、場の緊張を解した。手帳をテーブルの上に置いた白石は、徐に口を開いた。

「先日役員会で本件を議題にあげ、奥村さんが提示された三つの条件に合意することで決議しました」

聞き終えて、豊は肩を撫でおろした。

「有り難うございます」

「それでは細かなことですが、資本金は百万円で双方折半とし、持ち株は各五十%とします。社名は株式会社大日本鮮魚販売所。社長は奥村さんで、専務はマルモから人選します。他の役員は双方から各三名選任。しかしマルモからは名目のみで、実務は全て奥村さんに委ねることになります」

豊は、資本金を聞いて耳を疑った。

――百万円、正気なのか……。

「ちょっと、待ってください」

慌てた様子で豊は白石を制した。

「何か問題でも」

「いや、資本金ですが百万円はちょっと多過ぎはしないかと」

「何をお言いですか。マルモが日本の首府に販売所を出すんですよ。それなりの建物が必要だし、従業員だってたくさん必要です。現に、海神組もそれに近い資本金を出して販売所を設立しています」

　返答に窮する豊には気にも留めず、白石は続けた。

「来年の夏には遅くとも開店したいので、取りあえず早々に下関までお越しいただき、役員一同と顔合わせして詳細を詰めていきたいと思います」

　白石が帰った後、豊は応接間に一人残って考えていた。マルモは、豊の条件を全て呑んでくれた。しかし、資本金百万円というのは想定外であった。考えてみれば、これが今や全国区で名を馳《は》せている会社と個人商店の違いであった。豊は、自分が要求した条件と引き換えに五十万円という大金を用意しなければいけない立場に陥ってしまったのだ。しかし、どんなにもがいてもそんな大金は作ることができなかった。豊國を担保にしても、銀行が貸してくれる金額ではなかった。

　――諦めて、豊國を繁栄させることに専念するか……。

　一旦はそう思ったが、それでは矢張り納得がいかない。無い袖は振れないが、やってみなければわからない。豊は、下関へ行く覚悟を決めた。

　マルモ本社は、豊が想像していたものより格段に大きな建物であった。石造りの三階建てで、一見すると街の役所のようである。石油発動機式の冷蔵船を何艘《そう》も所有する大企業であるので、当然と言えば当然である。駅には白石が大きな黒塗りの社用車で迎えに来てくれて、会社の玄関口に到着すると店員らしき美しい女性が待ち構えていて、車の扉を開けてくれた。まるで大臣にでもなったような気分で建物の中へ通されて、一階の奥にある社長室に案内された。

「やあ、遠路遥々ご足労様でした」

五十歳前後の紳士が、豊を見るなり笑顔で椅子《いす》から立ち上がった。スーツを着ているとやや細身に見えるが、内側に秘める筋骨隆々とした肉体が透けて見えるほど逞《たくま》しい体格の持ち主である。

「本日は、お時間いただき有り難うございます」

慣れないスーツに身を包んだ豊が入口でお辞儀すると、足早に近づいてきて、握手を求めた。

「社長の森広忠《もりひろただし》です」

豊は、森広の握力に仰天した。脳天に雷が落ちたかと思うような刺激が走った。会社を経営する前は漁師だったと白石から聞いていたが、相当腕っぷしの強い男だったに違いない。社長机の横にある応接用のソファを勧められ、豊は腰を掛けた。森広の正面に、豊と白石は並んで座った。

「東京からは、二十時間ほど掛かるんですよね」

「はい、二十三時間掛かりました」

「丸々一日ですね。本当に申し訳ない」

「私は、長旅が苦になりませんから大丈夫です」

「いやいや、二十時間以上も狭い汽車に揺られて疲れないはずがない。もうそろそろ夕方なんだし、早めに宿に入って温泉にでも浸かってください。按摩《あんま》も頼めばいい。夜は下関のフグで一杯やりながら、ゆっくり話しましょう」

豊としては早く本題に入りたかったが、せっかくの気遣いなのでありがたく従った。白石が予約してくれていた宿はマルモから徒歩で十分程度のところにあり、部屋に入るとすぐに温泉に浸かった。その後按摩に身体を揉んでもらうと、森広の言うとおり長旅で身体が疲れ切っていることがよくわかった。森広と白石は五時過ぎにやってきて、自分たちも温泉に浸かってから、三人は浴衣を着て食卓を囲んだ。テッサを肴《さかな》に熱燗《あつかん》を飲みながら、豊はまず条件を呑んでくれた礼を述べた。

「それは、奥村さんなくして日本橋販売所の成功はないからですよ。東京は、これから益々人口が増える。三百万人くらいで驚いている場合じゃない。将来は五百万人、一千万人になって世界でも有数の大都市になるはずだ。マルモの未来がそこにある」

森広は、力を込めて言った。

「こちらの条件を全て呑んでいただいた上に失礼なんですが、実はもう一つお願いがあります」

豊は、箸をおいて正座した。森広と白石は、豊の唐突な発言を聞いて不安気に次の言葉を待った。

「五十万円という大金をどうしても作ることができません」

白石は、どのように答えていいかわからず、森広に視線を投げた。森広は少し考えてから熱燗の入ったぐい呑みを一気に飲み干して、白石に向かって言った。

「仕方ないじゃないか。あるほうが出せばいいことだ」

「では、全額マルモ負担ということで進めてさせていただきます」

白石は、森広の意思を確かめるように大きめの声で言った。

「甘えっぱなしでいいのでしょうか」

豊は、恐縮して訊いた。

「それほど奥村さんに期待しているということですよ」

白石が、少し悪戯っぽく答えた。

「そのとおりです。奥村さん、私は金を使うときにいつも心掛けていることがあります。経費は可能な限り切り詰める。しかし勝算のある投資は徹底的に行うということです。五十万円が百万円になる話なら、迷う理由はありません。しかし便所の紙は一枚でも節約するということです」

森広の眼が鋭く光った。それは、まさに肉食獣のそれであった。豊は、同じ経営者でも自分とは格が違うことを思い知った。

翌朝は、白石が徒歩で迎えに来てくれてマルモ本社へ歩いていった。会議室に通されて暫し待っていると、白石が恰幅のいい三十歳前後の男を連れてきた。

「奥村さん、彼は山中君《やまなか》といいます。マルモの総務部長をしておりますが、株式会社大日本鮮魚販売所の専務として兼務することになりました」

「初めまして。山中大助《だいすけ》と申します」

西郷隆盛を彷彿《ほうふつ》させるような太い眉毛と大きな目が印象的な山中は、笑顔で挨拶した。

「山中君の他に役員を三名選出しますが、まだ決まっていません。決まり次第、ご連絡します。まあ、東京でも申しましたように、役員といっても何をするというわけではありません。山中君も普段はこちらにいることになります」

「山中さん、よろしくお願いします」

「奥村社長、こちらこそよろしくお願いします」

まだ会社も設立していないのに社長と言われて少し違和感を覚えたが、否定するのも変なのでそのまま聞き流した。この日は、森広を除いた三人で昼過ぎまで議論して、その後豊は家路についた。確認し合った内容は、以下のとおりである。

一．開業は、大正九年四月一日
二．年内には、店舗を確保する（海神組より大きいことが望ましい）
三．従業員を五名採用する
四．開業披露は、開業前日に行う（日本橋で最も高級な料亭を貸し切り、土産は松竹梅の菓子、社名入り手拭いと風呂敷、従業員と関係者向けに印半纏《しるしばんてん》の準備。各々の必要数は、豊がひと月以内に確認して連絡する）

東京に戻った豊は、まず産形に会いに行った。何といっても、組合の了承を得た上で行動しなければ、山本のようにしこりを残すことになる。組合の事務所を訪ねると、産形はちょうど外出先から戻ったところで、豊の訪問を喜んでくれた。産形の部屋へ通され、事務員に出してもらったお茶を一口啜《すす》ってから話を切り出した。

「組合長、実は折り入って相談があります」

「何だ、改まって。気の利いた話じゃないのなら、勘弁願うよ」

「悪い話ではありません。ただ、片目を瞑ってもらう必要があるのも事実です」

「なんだか気が進まないな。でも、一応聞くだけは聞いてやるよ」

「有り難うございます。話というのは、豊國を株式会社にしたいということです」

産形は、何か言おうとした口を閉じることができず、一瞬固まってしまった。そして後ろから誰かに突かれたように慌てて話し出した。

「株式会社って、山本と同じくどこかの会社と共同で新たに設立するということか」

「はい、Ⓜ森広商店と組むつもりです」

「マルモ……」

産形は、またも言葉を失った。海神組とマルモは、西日本を中心に君臨する海産物商の二大巨頭である。海神組と同じように、どんな手を使っても目的を達成するであろう。しかし、東京中央水産の登場は組合内のみならず日本橋魚市場全体に大きな波紋を残した。それは、持ち株数で山本を上回る海神組がその気になればいつでも山本を外して全く無関係の人物を社長に充てることが可能になるからだ。平田舟と板舟の使用権も、魚市場で五年以上経験した者でないと認可されない。政治力と経済力で押し切られる形になったとはいえ、これ以上例外を作りたくないのが組合としての願いである。

「奥村君、君にとってはいい話だと思うからあんまり煩いことは言いたくないが、組合の規則は知っているね」

「存じております」

「マルモと組むこと自体はやむを得ないとしても、奥村君がある日突然外されてどこの馬の骨かわからない人間に代表者になられるのだけは避けたい」

「マルモとは、株式数を半々にすることで合意しています。私を代表者から外すことは、できません」

産形は、豊があっさりと答えるので内心驚いた。東京中央水産を設立する際、海神組がどうしても譲歩しなかったのが過半数以上の持ち株数を保有することであった。個人商店と大会社が組むわけだから、何といっても格の違いがある。有事に備え、会社の支配権を握ろうとするのは当然であった。その意味で、マルモがそこまで受け容れていることは、豊の能力に余程惚れ込んでいるからだろう。どのみちマルモの進出を止められないのであれば、栄大時代からよく知る豊に上手く抑えてもらうほうが得策である。豊なら、何事に於いても山本のように不協和音を出してまで自我を出すことはない。産形は、大きく頷いた。

「それが絶対であれば、容認する」

翌日から、豊は物件探しに明け暮れた。しかし東京中央水産よりも大きなものとなると、そう簡単にはいかなかった。そもそも小さな物件すら容易に出てこない地域である。その意味で、山本と海神組は非常に幸運であった。困った豊は、産形に相談してみた。組合であれば、巷には出回らない情報を持っているかもしれないと考えたのだ。相談を受けた産形は、いくつか当てがあるようで、早速動いてみると言ってくれた。そして二日後には早速一件の話を持ってきてくれた。場所は、日本橋小田原町の室町通りに面した一等地で、産形の先代組合長である伊藤鱒二《いとうますじ》の家である。敷地は四十坪に満たないが、立地条件が卓越していることと、三階建てであり建物の延べ面積では東京中央水産よりも大きかった。隠居してからは田舎に戻り、店舗として貸し出していたのだが、家賃が高く借り手もなかなか定着しなかった。今の借り手が来年の家賃を下げてくれなければ解約すると言っていることを伊藤から聞いていた産形は、急ぎ豊の話をしてくれたのだ。

「家賃はひと月三百五十円。べらぼうな高さだが、マルモと会社を起こすのならこれくらいは必要なんじゃないか」

産形の言葉を聞きながら室町通りに立って立派な建屋を見上げた豊は、直感的にこの建物だと確信した。家賃は高いとはいえ、山本によると東京中央水産はひと月五百円払っている。日本橋で一、二を競う魚問屋になるのだから、産形の言うとおり高い安いと言っている場合ではない。豊は産形に礼を述べ、その場で借りることを即決した。

従業員を五名採用する件については、大きな問題ではなかった。一人はテツで決まり。残り四名を募集するわけだが、テツの仲間内に、いつでも使ってくれと言ってくれる弟分が何人もいる。開業披露は、緑華亭を予約した。招待する得意先はおよそ二百名、お土産に出す松竹梅の菓子は、浜町《はまちょう》の彩香堂《さいかどう》で二百個注文した。社名入りの手拭いと風呂敷を二百枚、印半纏二十着も注文し、その旨を電話で山中に伝えた。山中はとても喜んでくれ、十一月の初めに白石と一緒に上京すると言った。大事業を行うというのに、何もかもが驚くほど順風満帆に進んでいった。

六

大正九年の幕開けは、豊にとって希望に満ち溢れたものだった。昨年十二月には長男の実《みのる》が無事誕生し、四月には大日本鮮魚販売所が誕生する。充実した思いで、日々目に入る全てのものが眩しかった。一月から三月までは毎月下関へ出張して会社設立に必要な細部の詰めを行った。そしていよいよ開業披露まで残すところ三日となった三月二十八日、木道から連絡があり、急遽《きゅうきょ》白石が上京することになったと聞かされた。昼過ぎには木道法律事務所へ到着するという。元々三十日に森広、山中、その他選任された三名の役員を伴って東京入りすることになっていたので意外だったが、先に入ってする用事もあるのだろうとさして気に留めなかった。しかし会ってみると妙に神妙な面持ちで、いつもとは違ったよそよそしさが感じられた。どこかしら、木道も様子がおかしいように思えた。場の雰囲気が重苦しかったので、豊はできるだけ明るく声をかけた。

「白石さん、長旅でお疲れのことでしょう。どうしてまた、急に予定を変更されてお一人で上京なさったのですか」

俯き加減だった白石は、豊の言葉で顔を上げると、気まずそうな面持ちのまま覚悟を決めたように話し始めた。

「奥村さん、直前になって大変申し訳ないのですが、若干の条件変更をお願いしたくて予定を早めました」

条件変更と言われて、豊は何のことか想像もできなかった。隣の木道を見ると、辛そうな表情をして俯いている。事情を知っているということだろう。とにかく、内容を聞いてみないと何とも言えない。

「白石さん、どういうことでしょうか」

「持ち株数を、マルモ五十一％、奥村さん四十九％、役員はマルモから三名、奥村さんから二名ということで手を打ってもらいたい」

あまりに突然の話で、豊は足元をすくわれたような気分がした。

「それは、どういうことでしょうか」

白石は、両膝の少し上で左右の拳を強く握り、下を向いたまま答えた。

「森広からの伝言です。資本金を全額マルモが出すわけだから、少し多めに持つのは当然だと思う。役員も一名多いだけだし、何よりも実質の経営は奥村さんが全責任を持つわけだから、何も心配することはない。奥村さんの仕事を取るようなことは絶対にしないから、そこは安心して欲しい」

豊は、言葉が出てこなかった。これまで何度も話し合いを重ねてきて双方合意していた約束を開業の直前に違えてくるということに、いくら考えても納得ができなかった。

「そんな無茶な話がありますか。確かに金を出してもらう側に偉そうなことは言えませんが、資本金はそちら負担で、他の条件も合意済みじゃないですか。それなら、初めから言うべきです。道理が通らないじゃないですか」

豊は、声を荒らげた。白石は、ただ俯いたまま萎れて黙っていた。木道が露骨に困った顔をして何とか豊を宥めようとしたが、一旦火のついた豊の感情は止まらなかった。

「黙っているのは、卑怯ですよ。白石さん、貴方は初めから知っていたのですね」

卑怯と言われて、さすがに白石も顔を赤くして豊を見上げた。

「奥村さん、気持ちはよくわかります。かく言う私も、一方的な話だと思います。正直、森広の変心には驚いています。でも、私にはどうすることもできません。マルモは、森広の独裁組織です。一旦言い出したら、誰も止められません。止められるとしたら、天子だけです」

豊は、胃から酸っぱいものが逆流してくるのを感じた。それは、生まれて初めて感じる腹の底から沸騰するような怒りだった。油断すると、自分自身を操ることができなくなりそうで、豊は努めて鈴子と実のことを思い出し、冷静になろうとした。

「組合を納得させることができません」

辛うじて豊は、言うべきことを伝えることができた。白石は、会話をして開き直ったのか、さっきまでとは打って変わって堂々と居直った。

「組合なんて、放っておけばいいじゃないですか。東京中央水産だってその比率ですが、組合は容認しています」

「組合は、仕方なく目を瞑っているだけだ。そんなやり方は、俺の主義じゃない」

白石は、呆《あき》れたように小さく笑った。

「何が可笑しいんだ」

さすがの豊も、気色ばんだ。

「可笑しくありません。私は奥村さんに同情しています。ただ、日本橋で最も優秀な商売人と評価されている奥村さんに、もし弱点があるなら、その優しさだと思います」

「優しいんじゃない。不義理をしたくないだけだ」

「同じことですよ。商売人は、時として非情にならなくてはいけません。いや、言い換えるなら、それは会社に対する愛情です。会社の成長を第一に考えるなら、周囲のことばかり気にしていても埒が明きません」

それは、白石が間違いなく豊に伝えなければならない台詞《せりふ》であった。下関を出る際、森広から託された言葉だった。豊に最早断る余裕がないことを知って、森広は勝負に出たのだった。豊の頭の中に、最初に下関へ行った際に森広から聞いた言葉がこだましていた。

『奥村さん、私は金を使うときにいつも心掛けていることがあります。経費は可能な限り切り詰める。しかし勝算のある投資は徹底的に行うということです。五十万円が百万円になる話なら、迷う理由はありません。しかし便所の紙は一枚でも節約するということです』

改めて、豊は森広が途方もなく優秀な辣腕経営者だと思い知った。考えてみれば、いくら豊が優秀な商売人だと言われても、必ずしも期待どおりの成果を出すとは限らない。そうなれば、過半数の株式を保有するほうが自由に経営者の首を替えることができる。マルモの恒久的繁栄を第一に優先するなら、当然の決断である。もっとも、当初は持ち株数半々でも致し方ないと思っていたに違いない。森広にとって未知の地であり独特の因習を持つ東京日本橋で勝負をかけるには、その土地で顔の利く有能な人間と組むことが不可欠であったからだ。しかし豊に金策の術がないことを知ったとき、酒を飲みながら咄嗟にこの顚末を描いたのだろう。豊は、渦に巻き込まれた羽虫が流れに抗ってもどうすることもできないような絶望に弄ばれていた。しかし、それはやがて哲学や宗教とは無縁の諦念へと成長して、不思議なほど豊を冷静にした。白石は、ずっと目を瞑って押し黙っている豊を見て、勝利を確信していた。人は、とことん追い込まれると無気力になる。そして自分よりも強い者になびくのだ。マルモに入社して以来、人を動かすには『愛と恐怖と利』を上手く使い分けることだと森広は全幹部社員に常々言っている。

——今の奥村は、水浸しの脚が折れた小鳥同然だ。

そう白石が確信したとき、豊は目を見開いて背筋を伸ばした。

「白石さん、この話、ご破算ということでお願いします」

豊の言葉を聞いた白石と木道は、石膏《せっこう》で固められたように動かなかった。そして少しの間をおいてから、白石は冷水を浴びせられたかのように驚いて立ち上がった。

「やめるというのか」

白石の声は、震えていた。

「残念ながら、やむを得ません」

「後悔しますよ。森広が来るまでじっくり考えたほうがいい」

「あれこれ考えると、碌《ろく》なことになりません。自分の感性を信じて即決します。この話は無かったことにしましょう」

呆然《ぼうぜん》と立ち尽くす白石を置いて、豊は木道法律事務所を後にした。


帰宅した豊は、無言のまま一目散に鈴子を抱きしめた。そして、傍らに寝ている実の寝顔を愛しく眺めて、その小さな手の甲を撫でた。羽二重餅のように滑らかな肌に触れていると、何とも儚《はかな》げで、愛しさのあまり涙が頬を滑り落ちた。そんな豊を見て、鈴子は突拍子もないことが起こったのだと察した。

「何があったの……」

「マルモとの話、無くなった」

実を見つめながら、豊はなるべく平静を装って言った。それが却って哀しげで、鈴子には辛かった。

「そう、じゃあ豊國を日本橋魚河岸一の魚問屋にしましょう」

鈴子は、努めて笑顔で言った。豊は、愛妻の健気さを前に自分の不甲斐《ふがい》なさが情けなくなって、思わず鈴子の膝に突っ伏して泣いた。豊は、自分でも信じられないくらい大きな声で嗚咽した。子供の頃から泣いた記憶すら無い自分が、どうしてそんなに泣くのだろうかと思うほど、一生懸命に泣いた。鈴子は、そんな旦那の頭と背中を無言のまま優しく撫でた。


暫くすると、豊は思い出したように家を飛び出した。もう流す涙も無くなったとばかりに、今度は吹っ切れた爽やかな表情で、鈴子に後始末をしてくると言って出ていった。先ず向かったのは、緑華亭であった。三日後に予定している二百名分の料理を断るのである。番頭に予約の破棄は受け入れられないと物凄い剣幕で詰め寄られたが、やがて店主が出てきて事情を説明すると、さすがに名門だけあって最後は承諾してくれた。続いて彩香堂へ松竹梅の菓子二百個を断りに行くと、もう作り始めているし、仕入れた材料も長期間保管できないものがあり、せめて五十個だけでも買ってもらわないと困ると言われたので、五十個分の金を払うことにした。手拭いと風呂敷の二百枚と印半纏二十着については、すでにでき上がっていて配達されていたのでこれは仕方ない。しかしそれよりも、一番の問題は店舗である。豊國の店舗はすでに三月一杯で退出する契約となっていて、新たな店舗は豊の名義で四月からの賃貸契約が成立している。家賃はこれまでと比べて約三倍である。テツが連れてきた従業員四名も、雇う約束をしており、彼らの給料も入れると経営は間違いなく困難を極めるだろう。しかしそれでも、豊は新しい店舗で五人の従業員を雇おうと心に決めていた。それは鈴子が言ってくれたように、豊國を日本橋魚河岸一の魚問屋にするという目標に対する自分への挑戦でもあった。これでもう、マルモから魚を引くことはできなくなるだろう。今後は、もっと新規開拓をしなければならない。

――全国どこへでも飛び回ってやるぞ。

豊は、心の中で自分を鼓舞した。

土壇場での会社設立失敗という大失態に、森広は激昂していた。本来なら、今日は株式会社大日本鮮魚販売所を日本橋の料亭『緑華亭』でお披露目する晴れの日になる予定だった。三日前、白石から電話があった際に豊の考えを知った森広は、正直豊の芯《しん》の強さに感服した。しかし、そう簡単に引き下がるわけにいかず、木道に仲介してもらって再度交渉し、翻意を促すよう指示したのだった。次の日、早速豊の家を訪ねた木道は、これまで見せたことの無い柔和な表情で懐柔してきた。豊は、木道が如何に金で動く人間かを知った。木道は、持ち株数については後々相談に乗るからまずはマルモ五十一％で始めさせてほしいと懇願した。しかし豊は、せっかく組合と合意に至っていたものを覆すことは自分の主義に反するとし、山本に続いて自分までもが無理やり通してしまったら、組合も今後は法人の新規加入を認めなくなる可能性もあると言い返した。どうしても考えを曲げない豊に対し、困惑した木道は、それなら豊國はマルモとの取引が無くなる可能性が高いと脅しにかかった。しかし豊は顔色一つ変えず、それも想定の範囲内とだけ答えた。受話器から聞こえてくる木道の申し訳なさそうな声を聞いて、森広は漸く自分の賭けが外れたことを思い知った。そして、木道の報告の最後ですでに発生した経費については、全て豊が負担すると聞いて、自分とは比べ物にすらならない小規模な経営者に対して、負けたような羞恥心を感じた。森広は、自分が出した色気が原因で逃がした魚の大きさを改めて考え、地団駄を踏んだ。

新生豊國の門出は、波瀾万丈の末に始まった。初めはどうなるものか周囲も心配していたが、テツを始め新たに加入した従業員たちはやる気に満ち溢れていて、経営的には苦しかったものの何とかぎりぎりで持ちこたえることができた。マルモは初めの半年ほどはさすがに取引を停止したが、やがて再開を打診してきた。それは、一つには豊國の取り扱い量が馬鹿にできない規模であったことと、もう一つは会社設立がご破算になったとき、掛かった経費を豊が自分で被ったことによる好印象があったからだ。蓋を開けてみれば、豊國は順調に商売を増やしていき、一年もするとマルモと共同で会社を立ち上げる必要もなかったことを証明した。

豊は、漸く仕事も家庭も落ち着いて充実した日々を過ごせるようになった。愛する妻子がいて、信頼できる仲間と共に仕事ができることは、この上ない喜びであった。

七

大正十二年、三歳になった実は、とにかくやんちゃ坊主で豊も鈴子も手を焼いていた。悪戯は子供の特権といっても、ものには限度というものがある。物を隠したり壊したりは日常茶飯事で、癇癪《かんしゃく》を起こそうものなら、もう手が付けられない。厳しく躾《しつ》ければいいのだろうが、四十路を越えた夫婦としては、可愛くて仕方がない。つい甘やかしてしまうのである。一体誰に似たのかということが話題になれば、忽ち夫婦喧嘩に発展するから始末が悪い。しかしそんな悪童も、不思議とテツにだけは従順であった。どんなときでも、テツが優しく微笑めばあやつり人形のように従順になるのである。

「実、母さんを困らすんじゃねえ。おめえも、年末にはもう四歳だ」

テツに抱っこされてご機嫌の実は、嬉しそうに汗でぐっしょりになった身体を預けた。

「こら、おめえ寝るんじゃないぞ。この暑いのに、寝られたら余計に重くなるから」

そう言って両脇を抱えて、テツは実を振り回した。却って喜ぶ実が『もっともっと』と強請《ねだ》る様子を見ていると、豊と鈴子は自然と頬が緩んだ。

仕事もひと段落した昼下がり、店先に椅子を出して豊たちは麦茶を飲んでいた。

「本当に、今年の夏は特別に暑いわね」

「ああ、特に八月に入ってからの暑さにはげんなりだ。樽で運ぶ近海物は、すぐに鮮度が落ちやがる」

「でも、夏は暑いほうがいいですよ。どうせ冬は寒くなるんだし」

テツは仕事中よりたっぷり汗を掻いて、降参したとばかり豊の隣に倒れ込むように座って麦茶を一気に飲み干した。

「タカ兄、このところ連日完売ですね。この調子なら、来年には東京中央水産を抜いて一番の魚問屋になりますよ」

「まだまだだよ。でも、調子がいいのは皆のおかげだ」

テツが言うのも、まんざらではなかった。豊國の業績は、新店舗に移ってからというもの、うなぎ上りであった。仕事が誠実なのは勿論、組合からも絶大の信頼を得ており、豊は日本橋魚市場組合の理事代議員議長を任されていた。

「それより、いつも実の世話をさせて申し訳ない。家では持て余してしまうもんだから、鈴子もこうしてテツを頼ってくるんだ」

「何言ってるんですか。女将さんがこんな俺を頼ってくれるなんて、この上なく光栄ですよ。俺はどんなことがあっても実の面倒だけはみますから。たとえ仕事があったとしても、実を優先します」

「馬鹿野郎」

豊の拳骨がテツの側頭部を小さく弾いた。


九月一日のセリを行っていると、実を抱っこした鈴子が視界に入った。相当ぐずっている様子で、鈴子も困った顔をしていた。普段は河岸引きの前に来ることなどなかったから、今日は余程実の機嫌が悪いと見える。豊はセリを抜け出し、鈴子の傍へ移動した。

「どうしたんだ」

「ごめんなさい。朝から機嫌が悪くて、テツさんと遊ぶんだって聞かないのよ。仕事中だから見るだけって言い聞かせてきたんだけど、暴れて敵わないわ」

「やれやれ、仕方ないな」

豊は、実の頭に掌をのせて苦笑した。

「今日だけ特別だ。今、テツを呼んできてやるから」

そう言って豊は現場に戻った。

「テツ、悪いが実を頼んでいいか。後は俺が引き受けるから」

「実が来てるんですか。俺はいいですよ」

「悪いな」

豊が拝む仕草をすると、テツは笑いながら駆けていった。


竹とんぼを作ってくれと実にせがまれたテツは、鈴子と相談して奥村家でやることにした。豊にその旨を伝えたテツは、実を肩車して鈴子と三人で向かった。豊が借りている家は、日本橋から徒歩で十分程度のところにある。家に着くと、テツは早速竹とんぼの製作に必要な材料と道具を集め、居間で実を前に座らせて作り始めた。

「テツさん、お仕事中なのに本当に悪いわね。もうすぐお昼だから、ご飯用意するわ」

「女将さん、いいって。仕事より楽しいから」

「あら、じゃあ明日から毎日頼もうかしら」

「俺は全然大丈夫。後はタカ兄の許可だけ」

「じゃあ、これから天ぷらでも作るわ。すごくいい鱚《きす》とお野菜があるから」

「おお、天ぷら大好物です。来てよかった」

鈴子が料理に取りかかって三十分もすると、テツは器用に竹とんぼを二つ作った。大喜びの実が、竹とんぼを両手に持って鈴子のいる台所へ走っていった。テツはそんな実の背中を見て、自分が今こうしてまっとうに働いていることを考えた。何もかも豊と知り合って世話になってきたから、今がある。本当に自分はいくら感謝してもしきれないくらい豊に恩義がある。これから、自分はもっともっと頑張って豊を支えていこうと思った。台所からは、天ぷらの揚がる芳ばしい香りが漂ってくる。思わずお腹の虫が鳴った。ふと壁時計を見ると、あと数分で正午だった。そろそろ河岸引きだと思ったそのとき、座っているテツは座布団をひっくり返されたような揺れに見舞われた。経験したことのない激しい揺れの中で転倒し、硬いもので頭を痛打した。一瞬目の前で火花が散った。暫く動けないまま横たわっていたが、テツの脳裏に恐ろしい光景が過《よぎ》ったその刹那、テツの身体は獣のように飛び跳ねた。あちこちに身体をぶつけながら何とか台所へ入ったテツの目に飛び込んできたものは、先ほどまでの穏やかな光景とは打って変わって悲惨なものだった。天ぷらの火が引火して、壁を大蛇《だいじゃ》の舌のように這《は》い上がる炎は、まるで地獄から放たれた黄色い魔物のようであった。その近くで、鈴子が苦しそうに横たわっているのが見えた。足に火傷《やけど》をしているらしい。すぐに助けないといけないことはわかっていたが、その前に実の安否を確認したかった。慌てて台所を見渡すと、端っこに蹲《うずくま》っていた。急いで駆け寄ると、両手に竹とんぼを握りしめたまま、恐怖のあまり震えていた。

「実、大丈夫か」

思わず抱きしめて叫んだ。幸い怪我はしていないようだった。ひと安心したテツは実を抱っこして鈴子のほうへ向かおうとした。しかしちょうどそのとき、二度目の揺れが襲ってきた。実を抱きしめたまま、猛烈な揺れに耐えた。そして一か八か立ち上がろうとしたとき、背中に痛烈な痛みが走った。

市場は大惨事であった。建物の多くは倒壊し、あちらこちらで火の手が上がっている。豊も酷く転倒したが、幸い屋外にいたので事なきを得た。ゆっくりと立ち上がった豊は、周囲を見渡してあまりの凄惨な光景に息をのんだ。数分の間隔で合計三度の大きな揺れに襲われた日本橋市場は、一瞬にして瓦解していた。豊は、鈴子と実がテツと一緒に自宅へ戻ったことを考えると、居ても立ってもいられず、辺りに倒れている人々を尻目に無我夢中で自宅へ向かって走った。言葉にならない叫び声を発しながら、豊は野良犬のように走った。

豊の家は半倒壊しており、悪いことに火が全体に回ろうとしていた。こんなに早く火事が起きているということは、昼食の準備中に被害にあったことは明白であった。

――間違いなく、家の中にいる。

「鈴子、テツ」

大声で叫んだが、返事は無かった。助けを呼ぼうにも、周囲が全て同じような状況だから、どうすることもできない。豊は、覚悟を決めた。玄関先にある天水桶《てんすいおけ》を持ち上げ、中の水を頭から全身に浴びた。そして玄関を蹴破ると、大きく息を吸い込んで一目散に台所へ向かった。灼熱《しゃくねつ》地獄と化した台所で豊が見たものは、炎と煙に包まれた絶望の淵で倒れている鈴子の姿であった。気を失った鈴子を抱きかかえたとき、部屋の隅で倒れた食器棚の下敷きになって四つん這いに蹲るテツの姿が見えた。鈴子を引き摺《ず》るようにテツの傍まで移動した豊は、渾身《こんしん》の力で食器棚を退けてテツの背中を揺すった。しかし、反応が無い。声を掛けようと、豊はそれまで必死で止めていた息を一気に吸い込んだ。そこには最早慣れ親しんだ空気はなく、煙と熱気が無垢《むく》な喉を容赦なく痛めつけた。大きく咳《せ》き込みながらも、豊は必死でテツの背中を大きく揺さぶった。すると、それまで床に顔をつけるようにしていたテツが、ゆっくりと顔を横にして豊を見上げた。

「テツ、大丈夫か」

少し安心した顔をしたテツは、蹲っていた身体を少しだけよじった。すると、テツの下で身体をくの字に曲げて横たわる実の姿が見えた。豊は、目を疑った。テツは、身を挺して実を守っていてくれたのだ。豊は、むせ返りながらも腹の底から沸き起こる凄まじい気力に任せて、右腕にテツと実を抱え込み、左腕には鈴子を抱え、怒濤の如く玄関まで走りぬいた。何とか外へ出てきて道端に倒れ込んだ豊は、近くにあった天水桶を持ってきて、鈴子とテツに水を掛けた。鈴子は脚に火傷を負っていて、転倒した際に右肩を怪我したようで痛みに顔を歪《ゆが》めていたが、意識はしっかり戻っていて、私は大丈夫だと気丈に言った。幸い実は無傷のようで、豊の顔を見るなり大きな声で泣き出した。テツは背中を強打しているので全く動けなかったが、鈴子同様意識はしっかりしていた。

「タカ兄、どんなことがあっても実の面倒だけはみるって約束したでしょ」

苦しそうに笑ってテツが言った。豊は、感激のあまり涙が溢れ出した。テツが命を懸けて実を助けてくれたことは、もちろん自分に懐いてくれている幼子を愛しく思う気持ちもあるだろう。しかしそれとは別に、十三年前に極道を前にして豊が身を挺してテツを守ろうとしたことに対する恩義であることもまた明白であった。豊は、そんなテツが愛おしくて仕方なかった。豊は、テツの胸に自分の額を擦り付けて『馬鹿野郎』と何度も腹の底から絞り出すように叫んだ。

神奈川県を中心とした関東広範囲に未曾有《みぞう》の被害をもたらした関東大震災による死者・行方不明者は、約十万五千人に上った。日本橋魚市場も甚大な被害を受け、三百人の死者を出して廃墟《はいきょ》と化した。東京に関しては、下町をほぼ焼き尽くし、多くの者は山の手に避難した。豊も、赤坂《あかさか》の丹後町《たんごちょう》に住んでいる親戚を頼り、親子三人で避難した。必然的に、市場の機能は停止してしまった。豊の身辺については、命が助かっただけまだ幸運であった。テツは肋骨を三本折ったものの、三週間ほど安静にしていれば元通りになると医者に言われて、実家に帰って静養している。鈴子の火傷は、左足の脹脛《ふくらはぎ》から下に油を被ったが、厚めのモンペと足袋《たび》を履いていたおかげで大事には至らなかった。右肩は脱臼していたが、暫く安静にしていれば大丈夫とのことだった。二人共、倒れていたことで鼻の位置が床に近く、煙を多く吸わなかったことが大きく功を奏した。

この大災害はまた、日本橋魚市場に運命的な引導を渡す役目を果たした。永らく揉めてきた移転派と非移転派の攻防も、漸く幕を引くときが来たのである。警察も、いくら由緒正しい市場といっても、廃墟と化した日本橋魚市場を同じ場所で再建させるほど甘くはない。まさに、この転機により日本橋魚市場は、その歴史を閉じることになった。

混沌とした中で何が不自由といっても、食べ物が無いことであった。豊たちが身を寄せている親戚は農家であったから野菜と米は十分にあったが、主食の魚が全くない。魚市場が壊滅したのだから当たり前のことなのだが、市民にしてみれば死活問題である。しかも豊のように食べ物に不自由しない家に身を寄せられる者たちはいいが、それ以外の人たちは米も野菜も手に入らない。衛生的にも最悪の状況で病気が蔓延《まんえん》しているというのに、体力をつける滋養さえ無かったのである。

九月四日、豊が親戚の畑仕事を手伝っていると、若者に支えられて松葉杖をついた産形が訪ねてきた。豊の避難先を知るのに丸二日かかったと疲労が滲《にじ》んだ顔で言った。

「奥村君、東京中が大混乱だ。何せあの大地震だから、何もかもが麻痺《まひ》している。しかし、だからと言って天下の台所がいつまでも休んでいるわけにもいかない。一日も早く営業を再開させなければならない。これまで役所は移転を命じてきたから、日本橋に再度魚河岸を復興させるようなことはしないと思うが、いずれにしても東京市が何を考えているか、すぐに聞いて実行しなければならない。しかし生憎《あいにく》私は地震で脚を折ってしまって当分は精力的に動くことができない。ここは理事代議員議長で人望も実力もお墨付きの君に全面的に動いてほしい」

豊は、そのとおりだと思った。世話になっているということで親戚に気遣って手伝いをしていたが、ここは望まれるように自分がしっかりやらなければならないことを自覚した。親戚には自分の置かれた状況を説明して納得してもらい、翌日豊は早速市庁舎を訪ねた。すると、助役の田山《たやま》という男が出てきて、開口一番『待っていた』と言って会議室へ案内された。

「とにかく食料品が無い。このままではいつ暴動が起こるか知れたもんじゃない。日本橋の魚市場はこれを機に移転させるから、適当な場所を決めて市場を開いてくれ」

「それは望むところですが、どこも彼処《かしこ》も焼け野原で適当な場所が思いつきません」

暫く腕を組んで考え込んでいた田山は、思い出したように両手をポンとたたいて言った。

「芝浦《しばうら》の埋立地に空いている場所がある。そこを魚市場に払い下げてもいい」

日《ひ》の出町《でちょう》という所で、早速場所を確認することになった。しかしいざ見てみると、下水道も通っていない有様であった。

「田山さん、お言葉ですがこのような衛生的にも問題のある場所で魚市場を開くなど考えられません」

「奥村さん、何もここに未来永劫居続けろとは言わんよ。あくまでも急場しのぎだ。理想的な移転先が見つかるまでの間に仮市場として開設するだけだよ。とにかく一刻を争う。頼むよ」

そう言われては仕方がない。豊は、魚市場組合を代表して運営に取りかかった。まず、魚市場に登録されている卸売・仲買業者へ芝浦仮市場への入場希望を募った。卸売専門業者たちは問題なく入場を希望したが、延べ千三百にもなる業者の大多数を占める仲買業者（卸売兼業含む）のうち、遠方へ避難している者や非移転派の者たちは申し込まなかったので、結局半分にも満たない五百軒程度しか集まらなかった。この仮市場に於いては、原則として移転派、非移転派双方へ募るわけだから、既存の板舟権は無いものとして全て平等を鉄則とし、場所の割り当ては抽選で決めることにしたことが非移転派の反感を招いたのだろう。こうして即席の魚市場は二週間という考えられない短時間で準備され、九月十八日に開業した。ところが一旦魚市場が発足すると、豊の不安とは裏腹に商品は飛ぶように売れた。何しろ食料がないわけだから、当然と言えば当然である。移転派の業者たちは、俄かに降って湧いたような好景気にありつくことができ、漁夫の利を得た。

これを苦々しく思ったのは、当然非移転派であった。自分たちが享受してきた権利を剝《はく》奪《だつ》されたとばかり、徹底的に対抗することにした非移転派の仲買業者たちは、日本橋の焼け跡に急いで店開きした。しかし、東京市もこれまでのような黙認というわけにはいかない。間もなく警視庁により徹底排除された。非移転派たちは、これで大人しく芝浦仮市場へ入ってこられるはずもなく、連合して南千住《みなみせんじゅ》の貨物駅近くに市場を開くことにした。しかしこれもまた、警視庁により厳しく撤去させられる運命にあった。こうなると、非移転派連合の結束力も次第に弱まってきて、一人二人と連合から抜け出して芝浦仮市場に入場希望する者が出てくるようになってきた。組合としては、大歓迎である。こうして、三週間もすると芝浦仮市場の業者数は次第に増え、かつての日本橋魚河岸の活況を取り戻そうとしていた。

豊は仮市場と豊國を運営する傍ら、正式に組合長に任命され、正規の移転先を探すことにも奔走した。産形が自ら退任を希望し、豊に譲りたいと申し出たのだった。豊は専門家たちと一緒にいくつかの候補地を検討した結果、総合的に築地《つきじ》が最適であるという結論に至り、東京市に承認を得た。そうと決まれば、東京市としては一刻も早い築地への移転を求めてきた。これは、三月に加藤内閣により制定された中央卸売市場法を新市場で確実に施行したいという東京市の思惑があったからである。日本橋では実現が極めて困難だった同法の施行も、一から出直す新市場であれば可能となり得るわけである。

「中央卸売市場法って、どんな法律なんですか」

十月に入り、怪我もすっかり癒えたテツが芝浦の宿屋で晩飯を食べているときに訊いてきた。とにかく景気が良いものだから、赤坂から通うのも疲れるので、最近は贅沢《ぜいたく》をして専ら近くに宿をとっていた。

「わかりやすく言えば、全ての問屋を集約して、政府が生活必需品の値段を設定して国民に安く安定供給するための法案だ」

豊は熱燗の入ったぐい呑みを膳に戻して、まだ腑《ふ》に落ちない表情のテツに詳しく説明することにした。

「先の欧州大戦争で、日本は外国への輸出が増えて景気がよくなったわけだけど、それに伴って国内産業も発展するから労働が増える。そうすると日本人の主食である米の需要が増えるわけだ。加えて軍用米の需要も増えるから、米は益々必要になった。そんな中、米問屋が意図的に値段を吊り上げたことで、国民の生活は困窮した」

「あの有名な、米騒動ですね」

「そうだ、富山の一般市民が米の安売りを求めて米問屋を次々に襲撃した。それが全国に広がって、交番の焼き討ち事件とか大変な騒動に発展した。国は、その二の舞だけは避けたいと思っていて、今年三月に漸く法案が成立したんだ」

「問屋の好き勝手にはさせないということですね」

「そうは問屋が卸さないっていう諺《ことわざ》があるだろう。国民の生活に直結している生鮮食料品の値段を個人商店の営利で好き勝手に決められたんじゃ、いつどこで暴動が起こるか分かったもんじゃない。政府としては、治安維持のために問屋を厳しく取り締まるということだ」

「じゃあ、これから具体的にどうするんですか」

豊は少し困った顔をして、ぐい呑みの熱燗を一気に飲み干した。

「問題が、多過ぎる」

日本橋市場は組合が管理していたとはいえ、民間業者の集まりであり、公道の使用権である板舟権や桟橋使用権の平田舟権といった因習的な既得権が公然と蔓延《はびこ》る柔軟性の無い商慣習で支えられてきた。それを行政監督の下で中央卸売市場法によって会社組織にして業者を収容しなければならなくなった。つまり、これまで個人商店がそれぞれの権利を持って市場で商売していたのが一旦無効となり、その補償をどのようにするか考える必要があるということである。これだけでも気が遠くなるほど難しい問題であるが、更に卸売業者を一社に限定するか複数社にするかという点でも全体をまとめていくのは無理難題と言えた。

「つまり、全業者が法律で会社に属さないといけなくなったことで、既得権を会社へ献上する代わりに対価になる何かを貰うっていうのはわかるんですけど、卸売業者が一つだか複数っていうのがわかりにくい」

テツは、腕組みをして考え込んだ。

「単一派の言い分としては、一市場に問屋が一つであるからこそ商品の一元管理が容易になり、公定標準相場を画一化することができるということだ。一方複数派は、独占による価格操作や買い占め、売り惜しみ等を避けることができて、自由競争により生産者からの買い付け価格や仲買業者への売り値も理想的に決まり、より公平で理想的な市場の形成が可能になると主張している」

「どっちの言い分もわかるんですけど、複数派のほうが納得感あるように感じました……。タカ兄は、どっちなんですか」

「俺は、単一を推している」

「その心は……」

「何と言っても管理統制が容易なことだ。荷主と結託して値段を吊り上げるとか売り惜しみするとか複数派は言うけど、行政が監督しているわけだし、第一鮮度が命の生ものを扱っているから談合したり出荷を止めたりするなんて非現実的な話だよ。それに、やたらと生産者や出荷者は単一を非難するけど、卸問屋が複数いる場合、その分人件費や通信費といった様々な費用経費が余分に掛かってくる。それらは出荷者が負担することになっているから、むしろ単一のほうが彼らにとっては大幅な経費削減になるんだ」

「なるほど……。今の話を聞いて、おいらも単一がいいと思えてきました」

調子のいいテツは、そう言って立ち上がると熱燗のおかわりを注文しに出ていった。
豊は、これから始まる大仕事を考えると暗澹《あんたん》たる思いであった。まずは芝浦の仮市場を築地へ移転させ、安定させた後は東京市と共に築地の土地を買収し、工事着工させる。大規模な工事になるだろうから、数年単位の時間を要することが予想され、その間に会社設立の準備を滞りなく進めるわけだが、その陣頭指揮を自分が任されている。これはまさに、世紀の大事業である。一体全体、いつ完了するのか見当もつかないことであった。

大正十二年十二月一日、業者を芝浦仮市場から築地の海軍所有地へ移転させ、バラック建ての東京市設魚市場として開場式を行った。店舗の割り当ては公平に抽選とし、翌日から慌ただしく営業の運びとなった。もちろん会社としてはまだ成立しておらず、また建物もこれからの着工になることから当面の間は芝浦仮市場が単に場所だけ変わっただけのことであった。仮市場は築地移転後すぐに機能し、豊は東京市と土地の買い上げに尽力した。海軍との交渉は予想外に時間を要したが、昭和二年には合意に至り、晴れて昭和三年から魚市場工事の着工が決まった。完成予定は昭和九年で、七年間の間に会社設立を完了することが求められ、豊は東京市から実行本部長に任命された。重責に一瞬戸惑ったが、山本と魚河岸の未来を担うことを誓ったことを考え、副委員長に山本を置くという条件で受けることに決めた。山本の東京中央水産にしても、こうなった以上、いずれは新たな会社に吸収されることになるので、協力しない理由は無かった。東京市は、築地市場に鮮魚の魚問屋は一つという考えを持っていたが、卸売業者の単複問題を早急に解決するのは困難と判断して結局二つの卸売会社を渋々認めることになった。二つの卸売会社に千三百の業者をそれぞれ単一派と複数派に分けて収容するわけだ。希望者を募ってみた結果、単一派千百名、複数派二百名となった。単一派を収容する会社は大日本魚市場会社、複数派のほうは大日本魚問屋会社という名称に決まったが、ここから各業者の既得権をどう評価するかという難問が立ちはだかった。

「老舗《しにせ》料、つまり平田舟権や板舟権を確固とした営業権として新会社に現物出資の形として問屋や仲買業者に出資させて株券を渡す以外にないだろう」

最近築地に購入した豊の家で風呂に入った後、山本がゴロワーズの煙を吐き出しながら言った。

「そのとおりだが、営業権をいくらで評価するかの査定をどうするかだ。営業権なんて、所詮空気みたいな魔法の言葉だ」

豊の言い分に対し、山本は間髪をいれず返した。

「奥村が言うとおり、空気みたいなものを形あるものに作り上げるんだ。まず魚市場全体の営業権を金額で定めて、それを各業者に割り当てる。この間、海神組の役員から東京商大の教授を紹介してもらったんだが、鉄道用地を買収するとき、個人の買収額を査定する原則として、二十年間同じ収益が続くとみなして事業全体の査定金額を定めるらしい。例えば年間の利益が百円だったとしたら、事業として二千円の儲けが出ると見積もるわけだ。俺たち魚市場の場合、年間の売上額が約五千万円で、そのうち二分が純利益だとすると百万円でそれの二十年とすると二千万円だ。大日本魚問屋会社が二百人で全体の十八%を占めるから、俺たちの大日本魚市場会社はその分を差し引いて千六百万円でどうだろう」

豊は暫し目を瞑って考えていたが、やがて眼を開くと首を横に振って算盤をはじき始めた。

「いや、高過ぎると思う。組合長になって、過去十年の魚の平均価格を調べたことがあるんだが、一貫目で九十銭程度だった。一日の入荷量は約三百トンだから、魚の価格としては七万二千円。年間で二千六百二十八万円で利益は五十二万五千六百円、十年で五百二十五万六千円にしかならない。これも大日本魚問屋会社の分を差し引くと、四百三十万円程度だ」

「四倍は、確かに差が開きすぎだな」

「しかし、魚市場の査定を鉄道と同じで見るのはどうかと思うな。田圃なら毎年かかる必要経費も収穫高も売り上げもある程度一定だから長い目で見るのはわかるんだが、魚市場は人口増加や景気によって変わるし、期間は短く見たほうがいいように思う」

「ならば、十年に短縮して考えてみるか」

「十年にしても八百万円だ」

豊は、天井を見上げて溜息をついた。そのとき、テツが冷えた麦酒をお盆に載せて部屋に入ってきた。

「タカ兄、山本さん、さっきから難しい話をされてるみたいですが、せっかくの風呂上がりなんだし、冷えた麦酒でも飲んで楽しく考えましょう」

豊と山本は、相好を崩してテツが注いでくれたビールで乾杯した。

「ビールは旨いが、ちと泡が多過ぎだな」

山本は、コップの半分近くが泡の麦酒を飲んで言った。三人の口許には白い泡が髭のようにこびりつき、それを見て三人は笑った。そのとき、豊の頭にある考えが唐突に浮かんだ。

「次は、慌てず慎重に注がせていただきます」

ふざけて神妙な顔をしたテツが豊のコップに麦酒を注ぎ足そうとしたとき、豊は麦酒瓶を取り上げて、乱暴に注ぎ足した。当然ながら、コップの中はほとんどが泡となった。

「何やってるんですか」

テツの言葉に返す代わりに、豊は泡を見つめながら頷いた。

「八百万円で査定するぞ」


昭和三年に入ると、豊と山本は単一派でつくる大日本魚市場会社の設立に向けて本格的に動き出すことになった。設立本部を編成し、審査委員会と査定委員会を設置した。査定委員会は豊が委員長、山本を副委員長とし、審査委員会のほうはテツを委員長としてテツを慕っている仲買業者や買出し人の若い衆たち二十名を入れて編成した。老舗料は、豊の主張どおり八百万円に設定することで東京市も了解した。ここは揉めると心配していたが、それらしい資料を作って提出したら、意外にもすんなりと承認された。豊に説得力があったことは勿論だが、東京市も焦っていたので細かな部分まで指摘しなかったことがその理由であった。しかし問題は、この査定額をどのような基準で各業者へ割り振るかである。約千百の業者のうち、卸売業者は約五百人（仲買兼業も含む）で、残りが仲買業者となっている。まずは彼らの過去からの売上実績を調査することになったのだが、これが一筋縄では行かなかった。各々の査定額を計算する基礎になるのが売上実績なわけだから、高く申告したいと思うのは人情というものである。しかし、きちんと帳簿を残している業者は少なく、資料自体も残っていないことが多かった。仕方ないので、設立本部から正式な文書を作成し、過去の帳簿が無い場合は審査委員会の独断と偏見で決定することとした。テツたちは、毎日自分の仕事が終わるとすぐに各業者を廻り、徹底的に調べ上げた。中には袖の下を渡すから高く審査して欲しいと強請る者も数多くいたが、テツが厳しく統制していたので可能な限り正確な数字をはじき出すことができた。この作業がすべて完了するのに十カ月を要した。これを土台に、いよいよ査定する段になり、豊は山本に自分の考えを打ち明けた。

「俺たちは、大日本魚市場会社を設立するに際して最も大きな要である各業者の査定額を決定するという作業に入るわけだ。これは、業者にとっては自分の持ち株数が決まる死活問題であるゆえ、査定委員会は完全無欠に平等を守る必要がある。山本には大変申し訳ないけれど、来週から一カ月間自分の仕事には都合をつけてもらって、秘密裡《り》で缶詰めの合宿を行いたい」

「委員長の言うことに異存は無いが、できれば温泉旅館とかでなら、俄然《がぜん》やる気が湧いてくるというものだ」

悪戯っぽく笑う山本の顔には、海神組と共同で設立した会社が大日本魚市場会社に吸収されることへの悲壮感はなく、豊と魚河岸の未来を舵《かじ》取りすることへの昂揚が感じられた。

「熱海《あたみ》辺りでやるか。でも、酒は一日一合まで、夜の外出も禁止だ」

「それだけ身を清めて真摯に厳粛に査定するということだな。でも、せめて麦酒一本と酒一合に増やしてくれ」


昭和四年二月、二人は熱海に宿を取り、外部から一切の連絡を絶った。もし電話が掛かってきても、取り次がないように宿には頼んだ。そしていざ査定を始めてみると、難題が次々に出てきた。審査委員会がまとめてくれた過去からの売上実績は、長いものになると十年以上前からあるし、短いものになると去年のものが無かったりして、単純に比較できない。更に、若い人の場合は今後商売が増えていくことが考えられるので将来性も加味しなければならない。一方で老舗と呼ばれるような歴史ある卸業者であれば、これまでの実績を考慮する必要もある。山本と議論を重ねた結果、平均売上実績を個々における全体査定額の半分に設定し、残る半分は創業年度と将来性でそれぞれ二対三の比率で加算することにした。こうして一カ月十二分に吟味した結果、桟橋使用権（平田舟権）と公道使用権（板舟権）の全査定が完了した。

東京に戻った二人は、早速査定結果を各業者に手渡した。書留で郵送しようと山本は提案したが、豊は手渡しに拘った。査定に重みをつけることと、内容を他言しないように誓約書を交わすことがその理由であった。しかし、丸一日かけて全業者へ手渡したまではよかったが、翌日委員会の事務所へ行くと大勢の業者たちが不服そうな表情で豊を待ち構えていた。山本は一足先に着いていたが、困り果てた表情で立ち尽くしていた。結局、人の口に戸は立てられないわけだ。

「委員長、査定の結果は到底納得できるものじゃない」

「同じような規模の卸業者が、俺より査定額が高いのはどういう理由からだ」

「査定基準に透明性が無い。皆が納得できるように説明すべきだ」

一気に捲《ま》くし立てられて、豊は立ち往生しながら事務所の玄関口まで来ると、右手を高々と上げて叫んだ。

「静粛にお願いします」

しかし、そんな言葉で大人しくなるほど行儀のよい連中ではなかった。益々混乱する中、豊は何度も同じ言葉を繰り返した。揉みくちゃにされながら、豊に成す術は無かった。気の荒い連中なので、一歩間違えると袋だたきにされかねないが、そこは委員長になった時点で覚悟はできていた。成るようにしか成らないと開き直っているものの、業者たちも振り上げた拳をどこに下ろせばよいかわからぬまま暫しの間混乱状態が続いた。そのとき、唐突に笛の音が鳴り響いた。豊が音のほうへ視線を向けると、大男が群衆を掻き分けてこちらへ向かってくるところであった。彼は築地署署長の佐藤《さとう》という男で、警察へ入る前は関取だったという噂の有名人であった。巨体を揺らしながら豊の隣までやってくると、群衆に向かって言った。

「ここでの苦情は、受け容れない。どうしてもというのなら、代表者を決めて委員長へ申し出ろ。逆らうなら、公務執行妨害で逮捕する」

これで一旦は助かったと思ったのだが、魚河岸の連中はそれで引き下がるほど柔ではなかった。

「警察が出てくるのは、筋違いというもんだ」

「俺たちは、正当な説明を求めているだけだ」

「そうだそうだ。国家権力が民衆を弾圧してどうするんだ」

流石の佐藤も、これほど多くの者たちに波のように押し寄せられては埒が明かない。豊は仕方なく、ここで勝負することに決めた。何とか傍にいた山本の肩を抱き寄せて、耳打ちした。

「トロ箱と拡声器を持ってきてくれ。トロ箱はなるべく大きいやつ」

「わかった。すぐ戻る」

間もなく山本が、頼まれたものを引っ提げて戻ってきた。豊は佐藤に自分がここで説明するから、少しだけ時間をくれるように頼んだ。トロ箱の上に乗った豊は、拡声器を口許に近づけて大きな声で話し出した。

「皆さん、ご静粛にお願いします。今から私が査定委員会長として査定基準をご説明いたします」

それまで騒然としていたのが突如水を打ったようになり、全員が豊の言葉を待った。

「まず、私こと奥村豊と横におります副委員長の山本展弘は、公明正大であることを誓います。査定に関する具体的な試算方法としては、全業者様の各平均売上実績を査定額の半分に設定し、残る半分は創業年度と将来性で加算しています。創業年度と将来性の比率は、二対三にしています」

「創業年度と将来性の比率は、どうして折半じゃないんだ。それを依怙贔屓《えこひいき》というんじゃないか」

日本橋で古くから老舗の一つと言われる卸売業者が、口を挟んだ。

「実績は大切ですが、魚河岸の益々の発展を考えた場合、旧態依然とした考えに縛られるのではなく、ここ数年での取り扱い量の増加比率や将来性を重んじることにしました。ここは、組合や東京市から委員長を任された我々の判断に寛大なるご理解をいただきたい」

場が再度ざわつき始めたところで、豊は畳みかけた。

「そもそも、大日本魚市場会社全体の査定額、つまり会社としての値打ちは十年で四百万円程度にしかなりません」

豊は、一呼吸おいて卸業者一人ひとりの顔を見定めるようにしてから続けた。

「その査定額を私と山本の独断で二倍の八百万円にまで引き上げました。今後の発展を期するという理解です。これを東京市は、承認してくれました。これがどんなことか、皆さんにはおわかりでしょうか」

押し黙る業者たちを前に、豊は更に大きな声で言った。

「つまり、皆さんにお渡しする株券は、本来の査定額の二倍あるということです。魚河岸で仕入れる魚の平均価格は、一貫目で九十銭程度なのに、二倍で見積もったわけです。実際の水揚げ量は少ないにも拘わらず、私は八百万円を実績価格として設定することに成功したのです。そしてそれを基に皆さんへ分配致しました。皆さんにお渡しする株の額面金額は、すでに実際の値打ちの二倍あるということです。勿論、皆さんがもっともっと頑張れば、売り上げも八百万円という査定額に近づきますし、更に超えることになれば株価が上がるわけですから皆さんの取り分は無限に増えることになります。我々は、今回の査定結果に関して感謝されることはあっても、お叱りを受けることは無いと自負しております」

静まり返った空気の中で、業者の一人が口を開いた。

「じゃあ、損することは何一つ無いということか」

豊は、その業者の目をじっと見つめてから大きく頷いた。

「断言できます。但し、一つだけ条件があります。こんな好条件での株式分配を行いますので、会社として市場へ支払う手数料七分と経費五分は各々の業者にて捻出《ねんしゅつ》していただきます」

豊の迫力に気圧された業者たちは、皆一様にポカンと口を開けたまま直立不動だった。そこで佐藤が両手を高く振り上げて大きな声で『解散』と言ったものだから、皆の衆はそれ以上何も言わずに退散していった。

「奥村、お前は日本一の詐欺師になれるぜ」

事務所の会議室で山本が言った。

「戦々恐々の中、あの場で飛び出した言葉だよ。俺に詐欺なんてできるわけがないだろう」

「いや、俺は確信した。そもそも、査定額の八百万円だって根拠のない数字だ。無いものをいかにもあるかのように頭の固い役人にも血の気の多い業者にも説得するんだから、立派な詐欺師だよ」

「詐欺師はやめてくれ」

豊は苦笑いして両手を合わせた。

「しかし、偶然警察が来てくれて助かったな。でも、奥村がトロ箱に乗っても佐藤さんと同じくらいの背丈なのには笑いそうになった」

「だから大きいのを頼むと言ったじゃないか」

「ところで気になっていたんだが、テツと三人で麦酒を飲んでるとき急に八百万円で査定すると言ったよな。どうしてあのとき急にそう思ったんだ」

「麦酒の泡を見ていたら、自信が湧いてきたんだ」

「おいおい、泡なんかでそんなふうに思ったのかい」

「そう、コップには液体と泡が二層に分かれていて、泡は空気みたいなものだけど、立派に容積を占めている。やがて時間が経てば消えてなくなるけれど、それまでは確固とした存在感がある。動かない山を動かすには、それなりの理屈が必要だ。既得権という空気のような営業権利を現物支給の形にして評価するなら、母体自体も空気にすればよいと思ったんだ」

山本は、豊の目を覗き込んだ。

「それでもって、役人と業者たちを丸め込んだ。嘘八百もここまで来れば、真実だ。お前は、一体全体そんな凄い考えをどこで学んだんだ」

豊は、破顔一笑した。

「俺に学問は無いよ。でも、俺たちには運がある」


査定については何とか収拾がついたものの、次なる試練が待ち構えていた。最終的に決まった営業権総額は八百万円であるが、そのうち現金出資として四分の一の二百万円を支払わなければならなくなったのだ。これは、東京市から監査人として派遣された木道弁護士が規定として示してきた。つまり、各業者は自身に割り当てられた査定額の四分の一を現金出資しなければならないことになる。これを発表した途端、業者たちの態度は一変した。そんな金は無いと開き直る者が大半を占めた。実際には金がある者もない者もいたのだが、業者たちの本音は株券といったところで紙屑《かみくず》になるかもしれないものに大金を払うことに抵抗があったのである。

そうであれば仕方がない。豊と山本は、金策に奔走することになった。豊が相談を持ちかけたのは、前組合長の産形であった。元々顔の広さと人柄で組合長になったと言われるほどの人物なので、何某かの良案を示してくれると思ったからだ。早速鍛冶町《かじちょう》にある産形の家に行って事情を説明した。産形の意見としては、二百万円を調達するとなると、銀行で借りるか有力者に投資してもらう他に思いつかないということであったが、普通に頼んでも埒が明かないので、組合長時代に取引銀行の一つであった北辰《ほくしん》銀行の頭取と懇意だったから一席設けるように動いてくれると言ってくれた。また昔からの知り合いで浅草《あさくさ》に滝《たき》凜太朗《りんたろう》という大地主がいて、その男はいつも投資に興味を持っているというのでそちらにも連絡を取ってくれることになった。その場で電話確認してくれ、双方共すぐに会ってくれるというから、早速出向くことにした。まずは御茶ノ水《おちゃのみず》にある北辰銀行本店へ向かうと、応接室で頭取の千葉《ちば》という恰幅のいい初老の男性が二人を迎えてくれた。

「産形さんから話は伺いました。魚市場を会社にするのに二百万円ご入用とのことで」

柔らかな物言いであったが、眼光が鋭く二人は差し込まれるような威圧感を感じた。

「はい、本来なら収容した業者から集めるべきお金ですが、私も含めてそこまでの現金がないというのが実情です。それでも中央卸売市場法に則って、会社は設立しなければなりません。東京市からは、正式な会社の設立に向けて急ぐように要請されています」

豊は、懇願するように言った。

「国民の生活に直結する大切な会社になるわけだから、こちらとしても前向きに検討しますが、額が額なだけに慎重に頭取会議で決議することになります。いろいろ調査することもあるので、二カ月は必要です。今が三月だから、五月末までには何とか回答できるように調整します」

二人は礼を述べて退出すると、浅草へ向かった。

「やはり二つ返事とはいかないようだな」

山本が煙草の煙と共に、ため息交じりに吐き捨てた。

「やむを得ないさ。あの金額だからね。吉報を信じて待つしかないよ」

「次の大地主とやらは、期待できるかな。個人で二百万円もの大金を投資することができるなんて、よいご先祖様を持ったものだよな」

「投資家ということは、当然儲けに対して妥協がない。大日本魚市場会社にどれだけ具体的な展望を抱かせるかだ。

「任せたぞ」

山本はそう言うと、ゴロワーズの吸い殻を道端に捨てた。

「この手の話は、いつも飄々《ひょうひょう》としている山本さんに任せたいんだけどな」

「麦酒の泡で役人も業者もまるめ込んだ奥村委員長が何を言ってるんだ。投資家もいっちょう手玉に取ってくれ」

豊は苦笑いして、ゴールデンバットに火を点けた。

滝凛太朗の家は、大地主という割には小さく質素なものであった。それでも、調度品などを見ると全てに拘りが垣間見え、趣味のよさが窺えた。女中に通された応接間の窓からは、綺麗《きれい》に手入れされた庭が一望できて、目の前のひょうたん池には立派な錦鯉《にしきごい》が優雅に泳いでいた。

「おい、この家にある調度品は全部飛切り上等なものばかりだぜ。あの錦鯉にしても、一匹いくらするか見当がつかない」

滝を待つ間、山本は皿や花瓶を見ては柿右衛門だの色鍋島だのと興奮気味に豊の小脇を肘で突ついた。間もなく、先ほどの女中が主を連れてきた。

「ようこそ。奥村さんと山本さん、私が滝です」

現れたのは、小柄な白髪の老人であった。見るからに品のよさそうな滝は、二人が来るというので着替えたのであろうか、家にいるとは思えないような仕立てのよい紺色のスーツに身を包んでいた。

「この度は、急なお願いにも拘らずお時間をいただきましてありがとうございます」

豊がそう言うと、二人は額を畳につけた。

「話は産形さんから一通り聞いています。魚問屋の会社を作られるそうで、金策に困っていらっしゃるとのことで間違いないですか」

「はい、なるべく早い段階で二百万円を調達しないといけないのですが、現時点で目途が立っていません」

豊が滝の目を真っすぐに見つめて言った。

「天下の台所を支える会社になるわけだから、大きな心配はしていませんが、高利貸しのように金を出すことには抵抗があります。大日本魚市場会社の株を購入する形にしたいと思います。発行株式数に対してどれだけの株を売ってくれますか」

やはり一筋縄ではいかない。しかしこれもある程度想定の範囲内で、豊は外部へ販売しても経営に影響の出ない比率を予め計算していた。

「会社の査定額が八百万円。一株五十円で十六万株発行します。外部への販売は二万五千株まで考えています」

「それだと、百二十五万円ですね」

滝は、即座に暗算した。少し間があいてから、滝は続けた。

「しかし、額面どおりに買うことはできません。半分の二十五円なら手を打ちます」

二人は、返す言葉が見つからなかった。それでは六十二万五千円にしかならない。

「何とか、残りは融資という形になりませんか……」

豊は、何とか食い下がった。滝は暫く腕を組んで考えていたが、やがて小さく頷くと、条件を出してきた。

「いいでしょう。残りは年率五分の利子で融資致します。しかし条件として、副社長、取締役二名、監査役二名を私のほうから派遣させていただきます」


帰り道、二人は意気消沈して重い足取りで日本橋界隈を歩いていた。帰り際に『検討して返事いたします』と答えてからほとんど言葉を交わさずにひたすら歩いてきたが、その沈黙を破るかのように山本がゴロワーズの吸い殻を投げ捨てて吐き捨てるように言った。

「あの強欲爺さん、とんだ食わせ物だったな。株を額面の半額で売れだの、融資する代わりに役員三人と監査役二人を受け容れてくれだなんて、人を馬鹿にし過ぎだ」

「ああ、俺もあの場ではそう思った。でも、歩きながら考えたんだけど、投資家としては当然のことを要求しただけなのかもしれない。これから作る会社の株券なんて、紙切れになる可能性だってあるわけだし、大金を貸すからには経営に参画することは当たり前といえば当たり前のことだと思う」

「何だい、強欲爺さんの肩を持つのか」

「そうじゃなくて、あの爺さんは単によいご先祖様を持っただけではなくて、爺さん自身もやり手だということさ。残念だけど、滝さんに金を出してもらう話は忘れたほうがよさそうだ」

「北辰銀行だけが頼みの綱ってわけか」

「信じるしかないさ。とにかく、今は目の前のことを確実にやるしかないよ」

日本橋の袂《たもと》に差しかかった豊は立ち止まり、旧市場があった場所をしみじみと眺めた。

つい五年前までここにあった因習は、一瞬にして泡のごとく消滅し、それらを一つに束ねた会社を築地に作ろうとしている。そしてその牽引役《けんいん》を自分たちに任されていることの不思議を考えた。隣で同じく立ち止まっている山本も、同じことを考えていた。

「なあ奥村。お前、アラビアンナイトの魔法の絨毯《じゅうたん》を知っているか」

「魔法の絨毯……。なんだいそれは」

「外国のお伽噺《とぎばなし》さ。ある呪文を唱えると、絨毯が空を飛ぶんだ」

「絨毯が空を飛ぶと、何かいいことがあるのか」

「絨毯に乗って、どこへでもひとっ飛びだ」

「便利な絨毯だな。しかし山本は何でもよく知っているな」

「東京中央水産に出入りしていた舶来物を扱う百貨店の外商担当から聞いた話だよ」

「それで、どうして空飛ぶ絨毯の話をしたんだ」

「大地震が起こるまでこの日本橋で当たり前のように存在していた板舟権や平田舟権が、消えてなくなった。そして俺たちが築地で別の形態の会社として生まれ変わらせようとしている。まるで、板舟や平田舟が絨毯みたいに空を飛んで築地へ移動するみたいに思ったんだ」

「面白いな。そう考えると不謹慎かもしれないが、東京に未曾有の被害をもたらした大地震も、魚河岸の未来を発展させるために仕組まれた必然だったかもしれないな」

「奥村が言うとおり、今は一歩一歩確実に進むことに専念するしかないな。後は、俺たちの運を信じて時代の濁流を泳ぎ切るだけだ」

五月になり立夏を過ぎて間もなく、北辰銀行から豊に融資はできない旨の連絡があった。元々少しの不安はあったが、事業として失敗することは考えにくいことを考えると、二人はやや楽観的であった。それだけに、精神的な痛手は大きかった。北辰銀行としては、事業の将来性や安定性は問題ないが、既得権を買い上げて会社を設立すること自体を経営思想的に脆弱と考えたことと、会社に集約される業者たちが組織の一員として機能するかという点を不安視したのであった。産形も万事休すといった態で、さすがに困ってしまった。東京市にも苦境を説明して何とか協力を仰いだが、金策は自分たちで何とかしろと取り合ってくれなかった。

豊と山本は、打ちひしがれながらもできる限りの時間を捻出して考えつく限りの人脈をつたって金策に奔走したが、融資を受けることはできなかった。これから六年間に亘り、臨時魚市場自体は順調に発展し、東京市による正式な魚市場建設へ向けての築地での土地確保、工事も滞りなく進んでいったが、会社設立に必要な金だけが暗礁に乗り上げたままであった。昭和十年の八月になり、いよいよ築地市場の建物が竣工《しゅんこう》する目途がついてきて、東京市から年末までに必ず会社設立するよう要請された。

万策尽きた豊は、再度産形に相談した。産形は、何とかもう一度北辰銀行へ話してみると言ってくれた。一週間後、産形に呼び出された豊と山本は、北辰銀行が再度会ってくれることになったのですぐに出向くよう促された。産形に礼を言って早速北辰銀行を訪ねると、すでに千葉は退行していて、伊地知《いぢち》という横柄な中年男が出てきた。眼鏡に少し色が入っていて、表情が読みにくく不気味な印象を二人は受けた。

「千葉は退行後相談役になっておりまして、私が対応させていただきます」

伊地知が差し出した名刺には、総務部次長と書かれていた。

——融資関係の部署ではないのか……。

二人は、顔を見合わせた。

「この度は、再度検討いただけるそうでありがとうございます」

豊が明るい声で切り出した。

「お困りの事情は承知しています。しかし、当行としては二百万円の融資ができないことに変わりはありません」

二人が言葉を詰まらせていると、伊地知が続けた。

「会社を作るのに二百万円が必要ということですが、必ずしもその金額を払い込まなければならないということはありません。払込日に金が通帳にあれば、それを見せて払い込みが済んだことにすればいいわけです」

「それが、つまりは融資ということじゃないのでしょうか」

山本が訊いた。

「違います。二百万円は間違いなく融通しますが、ほんの数日のみです。会社を創立するにあたり、監査人がいるはずです。その人が株主の前で貯金がありますと報告するんです。終わったら、すぐに二百万円は返してください」

「それは、法的に認められることなのでしょうか」

訳がわからず、豊が質問した。伊地知の眼が、眼鏡を通して鈍い光を放ったように見えた。

「ご判断は、お任せします。これ以外に当行がお手伝いできることはありません」

北辰銀行を後にした二人は、その足で木道弁護士の事務所へ向かった。

「それは、預け合い勘定です。奥村委員長、立派な商法違反です」

木道は、話を聞くや否や顔を赤らめて言った。

「法律違反を勧めてくるなんて、何て奴だ。向こうも同罪じゃないのか」

山本が呆れて訊いた。

「いや、書面にしているなら別ですが、口頭での話に信憑性《しんぴょうせい》はありません。それに、金を貸すのは銀行の仕事ですから結局は借りた側の一存でやるということになります」

「畜生、くそったれが」

山本は煙草の缶を開けたが中身が無いことに気付いて、豊のワイシャツの胸ポケットからゴールデンバットの箱を引き抜いた。

「もう、時間が無い」

豊が、静かに言った。山本と木道が、豊を見つめた。

「もう、万策尽きた。東京市は待てないと言っているし、複数派の大日本魚問屋会社は、もう創立総会を終えている。もう、土壇場に来ているんだ」

「だからといって、法律違反するわけですか。私は弁護士として看過するわけにはいきません」

「奥村、これは危険だ。もう一度東京市と話し合って別の方法を検討したほうがいい」

「いや、押し切るんだ。これは、乾坤一擲の勝負所なんだ。俺は銀行から金を借りる。そうすれば通帳に記載される。それで株主に木道さんが報告してくれ。木道さんは、何も知らなかった。俺が一切の責任を取る」

――ここで駄目なら、所詮俺の運もここまでだったということだ。守るべきものがあるとはいえ、男としての勝負をするときが来たということだ。

豊は心の中で自分を奮い立たせた。

その夜、豊は鈴子に自分のやろうとしていることを打ち明けた。正座して豊の眼を真っすぐに見つめる鈴子の表情は、凜としていて美しかった。こんな良妻と愛息を自分がこれからやろうとしていることで不幸にするかもしれないということに、もう一人の自分が必死にもがいている。しかし、そんな豊を察してか鈴子は意外にも冷静であった。

「貴方についていくと決めた日から、覚悟はできています。貴方がいいと思う道を歩んで下さい。私と実は大丈夫です」

豊は、鈴子を静かに強く抱きしめた。そして、絶対に押し切って見せると心の中で誓った。

こうして昭和十年十二月、大日本魚市場会社の創立総会は無事に終了し、晴れて会社は設立された。

八

代表取締役社長に就任した豊と専務取締役の山本にとって、新会社の運営は希望に満ちたものであった。大日本魚市場会社と大日本魚問屋会社はどちらも順調に滑り出していた。築地市場は、かつての特殊な歴史と伝統を持つ日本橋魚河岸から近代的な公的市場として生まれ変わった。東京市は依然として卸売業者の単一化を奨励しており、暇さえあれば両社の合弁を勧めてきたが、そこは複数派である大日本魚問屋会社が頑として抵抗していたので話は全く前進しなかった。そんな中で、大日本魚市場会社と買出し人連盟との間で、あるきっかけを機に険悪な空気が流れるようになった。そのきっかけとは、氷の払い下げ問題であった。市場で使用される氷といえば、市場内にある市営製氷工場で生産されるのだが、一括して魚市場組合が払い下げを受けて問屋や仲買業者へ販売し、最後に小売業者へ販売するという形式をとっていた。それを卸売業者や仲買業者に対する優遇措置だと買出し人連盟が言い出したのだ。確かに一万以上もいる全買出し人に十分な氷が行き渡るかといえばそうではなく、また市場の外で氷を買えば二倍程度するものだから、不満はわからないでもなかった。しかし豊の考えでは、市場内で生産される氷は卸売業者や仲買業者が魚の鮮度を保つことを目的に使用されるわけだから、譲る気はなかった。

そもそも買出し人連盟と組合との間には、日本橋の時代からある程度の不協和音が常に存在していた。それは例えば通路整備の改善のような最も基本的なものから、秤《はかり》や風袋の一律化要求といった透明性を求めるものであったり、卸売業者や仲買業者による市場内外での小売りを撤廃するといったもので、言ってみればごく常識的なことばかりであった。組合としては常に改善すると言い続けてきたが、それまでの因習もあるし、正月を除いて毎日早朝から稼働し続けている市場で設備の改善といってもそう簡単に進むものではなく、常に悶々《もんもん》として不満を抱き続けていたわけだ。そこに氷の払い下げ問題が勃発して火に油を注いだ形になったのだ。豊と山本は、初めこそいつものことと高を括っていたのだが、買出し人連盟はついに禁じ手を打ってきたのだった。買出し人連盟が豊にちらつかせてきたのは、不買ストライキであった。つまり、築地市場から魚を買わず、他の市場、若しくは生産者から直接仕入れるということである。これは非常にまずいことで、お互いに疲弊消耗するだけのことだから何とか妥協点を探ろうとしたのだが、折り合いはつかなかった。必然的に、日頃からの言動や態度にもあからさまに敵意が剝《む》き出しになってきて、大日本魚市場会社と買出し人間でのトラブルが築地のあちらこちらで散見されるようになってきた。

こうなると、治安維持の観点から警視庁も黙っているわけにいかなくなり、築地署が豊に和解へ向けての草案を提出するよう求めてきた。山本と頭を抱えていると、今度は東京市から呼び出しがあり、卸売会社の強制合弁指令を出すと通告された。急な展開に驚き理由を尋ねると、商工省からの圧力だということがわかり、最早逃げられない事態であった。これには心底参ってしまった。

「ちょっとこれは、収拾がつかないかもしれないな」

組合事務所で、山本が天を仰いだ。

「弱り目に祟《たた》り目とは、このことだな。買出し人連盟の不買運動に拍車がかかることは避けられない」

豊もソファに身を沈めて嘆いた。卸売会社の強制合弁指令が出されるといったところで、複数派の大日本魚問屋会社がそう簡単に従うはずもなく、また買出し人の多くは値段をたたきやすいという理由から複数派を支持する傾向にある。恐らく大日本魚問屋会社は、買出し人連盟と結託して猛烈に反発してくるだろう。豊としては、大日本魚問屋会社への説得は東京市に任せるとして、買出し人連盟をどのように抑えるかが重点課題であった。

翌日、東京市から強制合弁指令を聞かされた大日本魚問屋会社は予想どおり猛反発し、買出し人連盟へ不買運動を扇動するという暴挙に出た。買出し人連盟は不買を正式に宣言し、魚市場組合に対して氷の優先的販売に加えて、こともあろうに奨励金、つまりある程度の購入金額にリベートを支払うよう要求してきた。氷については特別枠を設けることを検討していたが、リベートは決して呑めるものではなく、豊と山本は断固として突っぱねた。

平行線のまま時間は経過し、昭和十一年四月、いよいよ買出し人連盟が実力行使に出るという段になり、豊は山本と築地署に呼び出された。築地署署長の佐藤は、豊を見下ろすように言った。

「奥村さん、草案はまだできませんか」

「佐藤さん、知恵を絞って考えていますが、買出し人連盟は調子に乗るばかりで妥協点が見いだせません。一番の理由としては、買出し人連盟が複数派で構成される大日本魚問屋会社と結託していることです。買出し人連盟と組合との間に燻《くすぶ》っていたものが氷の払い下げ問題で一気に火が付いて、複数派からの扇動で火に油を注いだ形になっているんです」

「買出し人の中には、背中に紋々《もんもん》の入っているような血の気の多い奴も大勢いるから、一旦暴れだすと収拾がつかない。奴《やっこ》さんたちにすれば、警察だろうが役所だろうが、知ったことじゃない」

山本が、吐き捨てるように言った。『河岸の喧嘩は江戸の花』と言われるほど喧嘩が三度の飯より好きな連中の多いのが魚河岸の伝統であったわけだが、特に買出し人にその傾向は強かった。

——毒を制するには、更に強い毒が要る。

そのとき、突然豊の頭の中に二十六年前の光景が鮮明に蘇った。それは大地を焦がす太陽であり、闇夜を照らす月の如く絶対的な畏怖であった。

「佐藤さん、もう少しだけ時間をください」

帰り道、山本を先に帰らせた豊は、一人で月島《つきしま》へ向かった。自分がこれからやろうとしていることは、恐らく無謀という言葉が最も当て嵌《は》まるものだ。それを承知で行うことに、自嘲の笑みすらこぼれてこない。しかし今の豊にとって、他に考えつく方法は無かった。月島へは幾度となく来たことがあるが、目的の場所には足を踏み入れたためしがない。誰もが知っている場所だが、普段は玄関の前を通り過ぎることさえ躊躇《ためら》われる。立ち止まった豊の目の前には、『一柳組』と書かれた大きな表札が掲げられていて、その横には幾重にも重なった花弁が、薄紅をさした小鳥の胸毛のように見える遅咲きの八重桜がひっそりと咲いていた。

深呼吸をしてから、豊は玄関の戸をたたいた。暫しの間が過ぎたが、応答はなかった。もう一度たたいて何もなければ、そのまま引き返そうと思った刹那、背後から声を掛けられた。

「何か御用で」

一人の若者が、問いかけてきた。言葉は丁寧だが、明らかな警戒心が見えていた、彼の両脇には、一目でそれとわかる筋者が二人居たが、若者の眼光は特に鋭かった。しかし豊は動じず、むしろ懐旧の念に浸っていた。かつて、確かにこの鋭い眼差しを見たことがあるのだ。豊は、腰を折って後頭部が相手に見えるほど頭を下げ、そのままの姿勢で言った。

「一柳政國親分に謁見したく、参上仕りました。私は、魚河岸で問屋を営んでおります奥村豊と申す者でございます」

一呼吸おいて、目の前の三人が一歩にじり寄ってきたのがわかった。豊は、頭を下げたまま相手の出方を待った。

「親爺とは、約束があるのか」

青年が口を開いた。二十歳になるかならないかといった年恰好だから、豊が助けられた後に生まれた子供であろう。眼光の鋭さは、さすがは血筋である。

「いえ、ありません。私のことも、忘れていらっしゃるかもしれません。しかし私は、二十六年前、確かに日本橋市場で親分に助けていただいたことがあります。本日は、どうしても親分に聞いていただきたいことがあって参上致しました。何卒私の気持ちをお伝え願えませんか」

豊が返答を待っていると、何も言わず三人は屋敷の中へ入っていった。堅気の人間が来るところではない。そして一旦出入りすれば、様々なしがらみに悩まされることになり兼ねない。そんな危険を冒してまで、豊は一縷《いちる》の望みを懸けていたのだ。あるいはこのまま引き返して、成るように成るが如く明日からも生きていくほうが得策であるとばかり、逃げ出したい自分も確かにいた。しかし、そんな葛藤に苛まれていると、徐に目の前の戸が開き、先ほどの若者が顎でしゃくって中へ入るよう促した。

若者について奥へ進んでいくと、右側に庭が見渡せる廊下に繋がって、左側にいくつもの部屋が並んでいる。一番奥にある部屋の前で立ち止まると、若者はここで待つようにと言い残して、小さく開けた襖《ふすま》の間から正座して『親分、入ります』と言って膝行で入って行った。やがて戻ってくると、豊にも同じようにして入るよう伝えた。

一柳は、十畳の床の間に着流し姿の正座で豊を出迎えた。後ろの床には、立派な虎の掛け軸と日本刀が飾られている。歳は重ねているものの、紛れもなく昔に日本橋で見た一柳政國であった。がっしりとした風格のある体つきで、鋭い眼光を持つ割に柔和な顔つきをしていて、言われなければ極道の親分と思わないかもしれない。それは、優しさと厳しさと怖さが万遍なく混ざり合っているように感じた。

「奥村さん、お久しぶりです」

緊張のあまり頭を下げたままの豊に、一柳が開口一番に言った。

「一柳さん、覚えてくださっていましたか」

慌てて顔を上げた豊が驚いて訊いた。

「あれは、二十年以上前のことでしたか。うちにいた仁という荒くれものが粗相したんでしたね。あのときは、申し訳なかった」

「そんな、こちらこそうちの若いのが迷惑かけてすまなかったです」

「魚河岸も極道も喧嘩は朝飯前のことですが、あそこまで行ったら最早喧嘩じゃなくて殺し合いだ。極道だから仕事でやるならいざ知らず、手前の面子《メンツ》や気持ちだけでやるとなりゃあ、お門違いってもんだ。それに、奥村さんはあんな極道の若造に土下座してまで自分の子分を守ろうとした。仁はこともあろうか、そんな奥村さんにまで手を掛けようとした。任侠道《にんきょうどう》に生きる者として、恥ずる行為です。本当に申し訳なかった」

「そんな、私はあのとき一柳さんに助けてもらわなければ死んでいました。感謝するのは私のほうです」

豊は、恐縮して言った。そもそも、極道の親分などという神経をすり減らす立場にいるにも拘らず、二十六年も前にあった些細な事件の内容を覚えているだけでも驚きだが、豊のような一般人を相手に謝罪の気持ちを素直に伝えるという心の広さに感銘を受けた。豊は、これから自分が依頼することについて一柳がどのように反応するかはさておき、自分の判断が間違っていなかったと確信した。

「それで、ご用件というのは」

豊は、築地魚河岸の置かれた状況を隈なく話した。そして、買出し人連盟を黙らせないと魚河岸のみならず東京市民の生活にも大きな悪影響を及ぼすことを説明した。

「つまり、私に買出し人の代表者を説得しろということですか」

「はい、大変なことをお願いしていることは重々承知しています。しかし混迷を極めている中、買出し人連盟を黙らせる力をお持ちなのは一柳さん以外に思い浮かびません。謝礼については、今持ち合わせてはおりませんが、それなりの対価を今後考えさせていただきたく思っております」

一柳は、腕を組んで目を瞑った。微動だにしない一柳を前に、静寂に包まれた部屋で豊は時間の感覚を忘れていた。一柳の沈黙はほんのわずかなものであったはずだが、豊にとっては果てしなく長い時間に思えた。ふと、庭先からメジロのさえずりが聞こえてきて豊は我に返った。同時に、一柳は目を開いた。

「奥村さん、謝礼と申される以上、私は仕事として受けることになります。仕事である以上、条件によってやるかやらないかを決めなければなりません。条件の提示が無いなら、受けられない。仮に提示があったとしても、桁を間違えたら後出しは無い。つまり、あきんどみたいな値段の交渉はしないということです。失礼ながら、堅気の仕事をされている奥村さんに私の世界の桁を当てられるかは疑問です」

一柳に見据えられて言葉を失った豊は、舵を失った小舟に取り残された子供のように、呆然としていた。

「しかし……」

一呼吸置いて一柳は続けた。

「六百万の東京市民と奥村さん、あんた自身を助けてくれと言われるなら、仕事ではなく個人的な奉仕として考えてもいい」

豊は、咄嗟に一柳が言った言葉の意味を呑み込めなかった。無償でいいということか……。しかしそれは、極道に大きな借りを作ることになる。金で済む話なら、それに越したことはない。いや、いずれにしても極道と関係してしまえば五十歩百歩かもしれない。豊は、そんな詮無いことを頭の中で考えていたが、ふと親玉で丁稚奉公を始めた頃に八卦見から言われた言葉を思い出した。

――そうだ、俺は大きな運を持っているんだ。どんなことがあっても切り抜けることができる、強い運だ。

豊は、両手をついて頭を下げた。
「一柳さん、どうか助けてください」

二日後、組合事務所へやってきた買出し人連盟の代表は、不買運動の停止を豊に伝えた。豊は、総生産量の十%に限り氷を市場内で買出し人へ優先的に販売することだけ約束し、双方円満に合意した。山本と木道は、何が起きたのか全くわからないと目を白黒させていた。買出し人連盟の急転直下な腰砕けに大日本魚問屋会社は混乱し、そこへ東京市が一気《いっき》呵成《かせい》に圧力をかけたことで、大日本魚市場会社との合弁は行政指導の下で急速に進み、十月には築地市場卸売単一会社として、大日本魚市場会社は大日本魚問屋会社を合併吸収することに成功した。

これで平穏な日々が訪れると皆が信じて疑わなかった。しかし半年も経たないうちに豊に更なる試練が降りかかってきたのだった。

昭和十二年二月七日、雪がちらつく早朝に突如豊に来訪者があった。時間はまだ午前七時、朝食の支度をしていた鈴子は、誰が来たのか不安気に玄関の戸を開けた。玄関先には二人の男性が立っていて、物腰柔らかい口調の裏に、明らかな威圧感があった。

「奥さん、朝早くから申し訳ありません。ご主人、いらっしゃいますよね」

二人共コートの内ポケットから警察手帳を少しだけ見せて、家の奥に視線を移した。二人を玄関に残したまま慌てて寝室へ飛んでいった鈴子は、豊に刑事が二人来ていることを告げた。すでに目覚めていた豊は、動揺することもなく寝巻の上に褞袍《どてら》を羽織って玄関へ向かった。二人の男は、改めて警察手帳を提示し、各々名前を山田二郎《やまだじろう》、田中明《たなかあきら》と名乗った。山田は三十前後に、田中は四十半ばに見えた。

「こんなに朝早くから、何の御用ですか」

豊が尋ねると、山田が切り返した。

「ちょっとご同行願えませんか」

「要件がわからないのに同行とは、無理がありませんか」

「いや、そんな大袈裟《おおげさ》なことでもないんですが、署でゆっくり話はしますから」

「今日中に帰れるんでしょうか」

「多分大丈夫だと思いますが、一応支度だけはしておいてもらえますかね」

豊は、咄嗟に長丁場になると直感した。どんな容疑が掛けられているのかはわからないが、それでも自分は心に疚《やま》しいことなどないという思いがあったので、言われるとおりにしようと思った。

「少し時間をもらえますか」

「ゆっくり支度して朝御飯も食べてからで結構です」

二人は一度玄関先に停めてある車へ戻っていった。豊は鈴子に着替えと宿泊の準備をさせ、その間に朝食を食べながら新聞を読んで、洗顔した後心配そうに見送る鈴子に『大丈夫だ。早く帰る』と言い残して家を出た。


警視庁へ入った豊を待ち構えていたのは、二ノ丸大助《にのまるだいすけ》という初老の刑事だった。山田や田中とは違い、柔和な表情をしてはいるが、一筋縄ではいかなそうな雰囲気が漂っていた。陰気な取調室で二ノ丸は他の刑事五人を従えて、豊と対面した。

「奥村さん、恐らくこの手の場所は初めてだと思いますが、呼ばれたことについて身に覚えはありますかな」

煙草の煙を吐き出しながら二ノ丸は優しく問いかけた。

「全く何のことかわかりません」

豊は、毅然《きぜん》として答えた。

「みんなそう言うんですよ」

笑った二ノ丸の顔は、よく見ると目だけは笑っていなかった。

「わからないものを何と言われても、仕方ありません」

「そうですか。では、いろいろと訊かせていただきます」

二ノ丸の眼光が、鋭く光った。

「大日本魚問屋会社との吸収合併ですが、短期間での見事な作業でした。行政の指導があったとはいえ、大日本魚市場会社の社長である奥村さん無しでは成し得ることができなかったと専らの噂です」

豊は、黙って話を聞いていた。

「大日本魚問屋会社は、単一化には猛反発していました。それなのに、こうもあっさりと吸収合併を受け容れた背景には、同盟を組んでいた買出し人連盟の不買運動の取り下げがあります」

言っている意味がわからず黙っている豊に、二ノ丸は言った。

「率直にお聞きしますが、買出し人連盟の重鎮に賄賂を渡されていませんか」

「賄賂……」

「そうです。貴方には、賄賂罪の容疑が掛けられています」

豊は混乱していた。そして、怒りが沸々と込み上げてきた。

「私は単一化を支持してきましたが、複数派を尊重してきたつもりです。今回の吸収合併に関しては、商工省からの強い要請があって東京市が全面的に動いた結果成し得たことです。私は買出し人連盟とのやり取りに忙殺されていましたが、彼らの要求事項に対して最後までできないものはできないと主張し続けました」

「しかしそれで、血の気の多い買出し人連盟が急に旗を降ろしますかね」

粘着性のある視線を浴びせながら、二ノ丸は吸い殻を灰皿に押し付けて立ち上がった。

「奥村さん、ありがとうございました。この辺で切り上げて、今日はもう休みましょう」

「家まで送ってもらえるんですかね」

二ノ丸と刑事たちは、一斉に笑った。

「馬鹿な事言ってるんじゃないよ」

豊が押し込められた留置場は雑居房で、すでに五人が収容されていた。見た目で判断するのは良くないが、あからさまに人相の悪い連中ばかりで、豊は先が思いやられた。しかしそれ以上に面喰らったのは、寒さであった。とにかく、寒い。火鉢も無ければ、炬燵《こたつ》も無い。氷のような畳の上に、鉄板のような煎餅《せんべい》布団を敷き、堅い木の枕で寝ると、それが現実なのか非現実なのかわからなくなる。消灯時間になり、天井を見上げていた豊に隣で寝ていた中年の男が耳元で囁《ささや》いてきた。

「おい、初顔みたいだけど、忍びかい。それともタタキかい」

豊は、内心苦笑した。泥棒か強盗か……。留置場に来る輩はその手の者が多いということか。答えるのも面倒臭いので、黙っていた。

「おっさん、ブタ箱の流儀を知らないのかい。先輩は絶対なんだぜ」

「何もしちゃいない」

「何もしない奴が来るわけないだろ。それに、おっさんの収容番号は三百番だ。相当重い罪の嫌疑がかかっている証拠だ。俺たちみたいなケチなコソ泥は、中途半端な番号しか与えられないから、番号を見れば大体わかるんだ。刑事には嘘ついても、先輩には正直に言うもんだ」

「本当に何もしちゃいないんだ」

　男はその後もいろいろ話しかけてきたが、豊は無視して目を閉じた。


　翌日から、取り調べの対応が大きく変わった。二ノ丸たちの態度は高圧的になり、ただ白状しろの一点張りになった。豊は身の潔白を訴えるしかなかった。実際は一柳親分に自分が調整役を頼んだことで買出し人連盟は旗を降ろしたわけであるが、そんなことを警察へ話したところで話は益々混乱するし、何よりも男気で調整役を引き受けてくれた一柳親分に迷惑をかけることだけは避けたかったので黙っていた。

　豊の取り調べは、決まって夜の八時頃から始められた。終了するのが大体夜中の二時で、早寝早起きの魚河岸に生きる豊にとって、昼夜が逆転してしまった。一週間が経過した頃、初日に話しかけてきた男が、夕方また話しかけてきた。

「おっさん、俺は罰金支払って釈放されることになった。隣のよしみで最後に一言だけ言っておいてやる。おっさんの取り調べは毎日夜中に行われているみたいだけど、夜中にやるのは神経を参らせるのが狙いで、大抵大きな容疑がかけられている奴にしかやらない。

おっさんはやってないと言っているけど、悪いことは言わねえ。はいやりましたって言ってしまいな。でないと、出してもらえないぜ。ここは常識がまかり通るような所じゃないんだ。ここに来たら、人間として扱われることはねえ。虫けらだよ。国家権力を翳《かざ》して無理やりにでも罪人に仕立て上げるんだ。それが奴らの成果なんだよ。おっさんが本当にやったかやってないかなんて、どうでもいい。ただ、白状させりゃいいんだ」

豊は、暗澹たる気持ちになった。人権が全く無視され、枠に嵌めるかのように罪人が作り出される。コソ泥の男が親切心で忠告してくれたことには感謝したが、反対にいつまで拘留されたとしても決して軽はずみな言動は取らないでおこうと決心した。

二週間を過ぎる頃になると、二ノ丸たちも焦り出し、怒鳴り散らすようになってきた。

「おい、奥村。何でもいいから白状しろ」

二ノ丸は、机をたたいて大声で怒鳴り散らした。

「何でもいいとは、恐れ入ります。何もしていないことを白状します」

「お前、俺たちを舐《な》めてるのか」

刑事の中の一人が、豊の胸ぐらを摑んで大きく揺さぶった。二ノ丸がそれを制して豊の後ろから肩に手を置き、静かに言った。

「なあ、嫁さんと息子が泣いてるぜ。息子は今年から大学へ行くんだろ。こんなところにいつまでもいいちゃあ、入学式にも出られないばかりか、息子さんの前途に傷をつけてしまうぜ」

そんなことは言われなくてもわかっているが、だからといってやってもいないことをやったとは言えない。言葉を発する代わりに、豊は首を横に振った。

取り調べは膠着《こうちゃく》状態になり、二十五日目の取り調べで二ノ丸は豊に提案を持ちかけた。

「なあ奥村、本当に何でもいいんだ。何か一つ白状したら、家に帰してやる。こっちも新聞に毎日記事になるような事件に絡んでいて、お前さんを追及して何も無かったなんていうことになったら、警視庁の面目丸潰れだ。ここは一つ痛み分けといこう」

豊は、コソ泥の忠告を思い出した。つまり、警視庁なんてこんなものなのだ。勧善懲悪などと綺麗ごとを言いながら、結局は何人落としたかが重要で、そのためには手段を選ばない。豊は、このとき警視庁が自分に容疑を掛けたことが勇み足であったことを悟った。確たる証拠もない状況で身柄を拘束し、並行して証拠固めをするべく動いていたが、豊の身の潔白がわかってきたのだろう。そこで泣き落としにでてきたわけだ。豊は、譬え拘留が長引いて辛酸を舐めることになろうと、とことんやり合ってやろうと心に決めた。

「二ノ丸さん、私はやっていないものをやったなどとは家族が目の前で拷問にかけられたとしても、言いません」

二ノ丸は落胆し、吐き捨てるように言った。

「刑務所へ移ってもらう」

三月四日、豊は市ヶ谷《いちがや》刑務所へ予審として移送された。未決囚なので、囚人服ではなく羽織袴《はかま》の着用が許されたが、豊の心情は極めて複雑であった。紆余曲折《うよきょくせつ》の後に何とか会社を立ち上げ、さあこれからというときに容疑者にされてしまい、刑務所の塀の中で臭い飯を食べている自分の姿が情けなくて仕方なかった。家を出てから早くも一カ月が経過しようとしている。鈴子や実は、さぞかし不安であろう。申し訳ないという気持ちと、何が何でも身の潔白を晴らしてやるという気持ちがぶつかり合い、胸の奥が痛んだ。

しかし豊の心情とは裏腹に、豊の疑惑に関する調査は進まなかった。ちょうど同時期に多くの政治犯が逮捕されたことがあり、豊の案件は優先順位をつけると後のほうになってしまったのだ。予審である以上、公判前に裁判官が非公開に審理することになり、弁護士も立ち会えなかった。豊は、悶々と日々を送るしかなかった。

四月に入って間もなく、思いもよらない出来事が立て続けに起こった。まずは、囚人たちの会話を聞いていると一柳親分が博打で下手《へた》を打ち、市ヶ谷刑務所へ入所してきたというものだった。『あの一柳親分が……』豊は首を傾げたが、すぐに息子のことを言っているのだと思い直した。もう一つは、その翌日に刑務所所長から呼び出しがあったことだ。看守から突然呼ばれて向かった先は、所長室であった。戸惑う豊に、看守は静かに部屋の扉を開けた。

「奥村さんですか、どうぞお入りください」

刑務所所長とは思えない柔らかな物腰で、豊より少し年配に見える初老の紳士は屈託のない笑顔で言った。それでも入口でたじろいでいる豊に向かって、懐かしい名前を口にした。

「産形さんには、大変お世話になりました」

一瞬にして、豊の警戒心は消え去った。

「突然お呼び立てしてすみませんでした。私はここで所長をしております塩田《しおた》源一郎《げんいちろう》と申します」

入口までやってきた塩田は、豊の背中を押すように中へ招き入れ、応接テーブルを挟んでソファに座らせた。

「産形さんには、魚河岸が日本橋にあった頃によくお世話になりました。産形さんのご長男さんにうちの息子の家庭教師をしてもらったり、ここで務めを終えた何人もの者に魚河岸で仕事を斡旋《あっせん》してくださったり、魚河岸で必要な備品の製造を刑務作業として回してもらったりと、公私に亘って世話になっていました。組合を引退されてからは無礼ながら連絡もしてなかったのですが、今朝電話がありまして、奥村さんに何卒便宜を図って欲しいと懇願されました。魚河岸で誰もが認める人格者であり、今回のことも何かの間違いだと思うが、それにしても不当な扱いだけはやめて欲しいと言われていました」

豊は、嬉しさが込み上げてきて塩田の顔が霞《かす》んだ。手の甲で目頭を拭っていると、後ろで扉が開いた。食欲をそそる懐かしい香りが漂ってきて、豊の腹の虫が鳴った。

「まだまだ寒い日が続いていますから、鍋焼きうどんの出前を頼みました。さあ、熱いうちに食べましょう」

豊は、塩田と相対しながら鍋焼きうどんを啜り、娑婆《しゃば》の味を堪能した。鍋焼きうどんがこんなにも美味しいなど、生まれてこのかた感じたことはなかった。掻き込むように無我夢中で食べ終えた豊は、塩田がまだ半分も食べていないことを知り、我ながら恥ずかしく思った。食べ終えて談笑している際に、塩田は豊に必要なものがあれば何でも申し出てよいと言った。また、差し入れも酒と煙草以外は自由に行ってよい旨を会社と家族へ伝えておくと言ってくれた。豊は感謝の意を述べてから、思い切って一柳親分のことを聞いてみた。

「一柳親分……。ああ、勝《まさる》のことですか。ええ、確かに三日前からうちの刑務所へ来ていますよ。それがどうかなさいましたか」

これまでの温和な塩田の表情が、少し険しくなった。豊は、二十六年前の出来事を掻い摘んで説明した。

「へえ、そんなことがあったんですか。それはまた命拾いされましたね。仁っていう奴は我々の中でも有名なワルでしてね。ここにも何度も出入りしていました。しかし最後は、女に殺されたんです」

「女に……」

「はい、芙蓉《ふよう》という名の女がいたんですが、暴力は日常茶飯事で体を売らせて金を貢がせていました。そして芙蓉がとうとう耐え切れずに逃げ出したんですが、すぐに捕まって折《せっ》檻《かん》されたんです。その夜、芙蓉は酒を飲んで眠っている仁の首を簪《かんざし》で突き破りました。そのときの悲鳴があまりにも異常だったということで近所の家から通報があり、事件は明るみになりました。現場に駆け付けた刑事の話によると、死体の横に正座していた芙蓉は、動揺することもなく薄笑いを浮かべていたそうです。まさに寝首をかかれたわけです」

因果応報というやつだろう。人を苦しめたり傷つけてばかりいる人間は、やがて同等の苦しみに苛まれることになる。

「ところで、勝のことで何かあるのですか」

険しい表情は消えているものの、塩田はまだしこりが残っているようであった。

「私のような予備審問ではなく、実刑を言い渡されているという理解でよろしいでしょうか」

「はい、そのとおりです。そんなに大きな罪ではなくて懲役半年になります。まあ、ここでの態度次第で短くなることもありますが」

「彼のお父さんに助けてもらった恩を忘れたことはありません。もし仮に所長のご加護をいただけるのでしたら、彼の刑務作業はできる限り楽なものにしてあげていただきたい」

塩田は暫しの間腕を組んで考えていたが、納得した表情で訊いた。

「勝のことは、よくご存じなのですか」

「いや、実は名前も知りませんでした。あのことがあった後に生まれているわけですし、お父さんとも交流はありません。ただ、ひょんなことで声を交わしたことくらいはあります」

勝の名前を知らなかったことは真実だが、買出し人連盟を黙らせてくれた借りを少しでも返したかったことは当然言えなかった。

三度頷いた塩田は、心の靄《もや》が晴れたようで、隣の部屋にいる秘書官に勝を呼んでくるように指示した。


所長室に入ってきた勝は、頭を丸坊主にしていて囚人服がやけに似合っていた。鋭い眼光も、ここではなぜか曇って見えるのを豊は不思議に思った。

「マサル、ここにおられる方を存じているか」

勝は、豊を見て少し考えてから思い出したように目を大きく開いた。

「はい、魚河岸の親分さんです」

豊は、思わず噴き出しそうになった。日本橋界隈でヤクザといえば一柳組と言われる組長の息子であり、獄中の連中からは今や親分と呼ばれる男が、たかが魚河岸の卸売会社社長の自分を親分と呼ぶなど夢にも思わなかった。

「この魚河岸の社長からたった今、お前がここに来たのは確かに心得違いがあったからだろうが、決して心根の悪い奴じゃない。むしろ、任侠道という意味では筋違いなことは決して行わない立派な男だから、刑務作業ではできるだけ楽な仕事をまわしてやって欲しいと嘆願されたところだ」

「へえ、ありがとうございます」

そう言って勝は頭を下げた。

「マサル、俺じゃなくて魚河岸の社長に何か言うことは無いのか」

すると勝は豊の前に出てきて、深々と頭を下げた。

「親分、この度は陳情ありがとうございます。身に余る幸せ、勿体ない限りです」

勝が戻っていった後、丁重に礼を述べた豊に対して、塩田は優しい笑顔を返してくれた。

このことがあって以来、豊の獄中生活はかなり楽になった。毎日のように塩田は豊を所長室へ呼んでくれ、菓子や軽食を共に談笑した。差し入れも、酒や煙草以外のものは大抵許されたので、不自由は無かったし、何よりも囚人たちの豊に対する態度が一変した。まるで自分をヤクザの親分かのように扱うのだ。勝が後ろで糸を引いているのは明白であったが、妙な気分であった。ただ、時間だけが非情に過ぎていった。春が過ぎて六月も半ばを過ぎたある日、豊は塩田に何とか方法はないものか尋ねた。塩田が言うには、優先順位ばかりは御上からの命令で決まるものだから、所長といえども簡単に変えられるものではないということであったが、とにかく状況を確認してみると言ってくれた。

それから数日後、所長室で塩田が吉報を伝えてくれた。豊の容疑に関する調べは明日から開始され、内容の言い渡しは判事から行われることになり、恐らく二、三日の間に呼ばれるだろうとのことだった。そして夏至の翌日、遂に判事との面会が許された。

「それは、本当ですか……」

豊は、驚きのあまり判事に訊き返した。自分が刑務所に送られる理由は無いということであったからだ。

「警視庁が君を逮捕したのは、明らかに勇み足だ。買出し人連盟があっさり旗を降ろしたことで疑いの矛先が君に向いたわけだが、確たる証拠を押さえる前に急いでしまったのだ。君が賄賂を渡したという証拠は、どこにも見つからなかった」

「だったら、すぐにここから出られるのですね」

「手続きを踏めば出られる。但し、木道弁護士を逮捕する」

「木道さんを……。なぜですか」

唐突に木道の名前を出されて豊は当惑した。

「調査してわかったのだが、大日本魚市場会社の創立総会では、預け合い勘定をしている。これは商法違反だ。君は法律に明るくなかったということで無罪放免されるとして、木道は弁護士であるにも拘らず黙認している。これは悪質だ」

豊は、言葉を失った。総会は無事に切り抜けて会社は設立されたわけだから、今更預け合い勘定が仇《あだ》になるとは想定外だった。『商法違反』という言葉は、当の木道から注意されていたことだ。それを豊が説得して無理やり押し通した。それをこの期に及んで自分は無罪放免されて木道が有罪になるなど、あり得ない話であった。

「判事、それはできません」

判事は、怪訝《けげん》な顔で豊を見つめた。

「預け合い勘定をするように指示したのは、私です」

『公正証書原本不実記載』という商法違反が科され、豊は有罪となった。但し、前科が無く、罰金四百円を支払うことで出所することが認められた。実際に出所したのは七月九日で、通算すると警視庁へ連行されてから実に百五十日もの間家へ帰れなかったことになる。晴れて刑務所の門から出てきたとき、家族やテツ、そして会社からは山本をはじめ多くの社員が迎えに来てくれていた。豊は、さすがに嬉しさで胸に熱いものが込み上げてきた。山本とテツが同時に走ってきて、抱きついて祝福してくれた。鈴子と実は、神妙な表情をして豊の前にやってきて、『お疲れさまでした』と頭を下げて労った。多くの仲間に同様の歓迎を受け、普段は気にも留めない日常という名の安寧がどれほど幸せで大切であるかを噛みしめた。一人ひとりにゆっくり礼を述べてから、家族三人で車に乗り込んだ。隣に座った鈴子は、豊の手を握りしめて感極まり、咽《むせ》び泣いた。助手席に乗っている実は、黙って後ろの豊に新聞と煙草を渡してくれた。百五十日ぶりの煙草は、旨いというより刺激が強く、思わず噎《む》せ返り、くらくらと眩暈《めまい》がした。豊は、新聞を捲《めく》ることが面倒で一面記事だけを流し読んだ。大きな文字で、一昨日中国の盧溝橋《ろこうきょう》で日本軍と中国国民革命軍が衝突したという記事が書かれていた。

――物騒な話は勘弁してくれ。

豊は新聞を横に投げると、鈴子の肩を抱き寄せ、早く風呂に入りたいと思った。

九

五カ月ぶりに魚河岸へ戻った豊は、明らかに以前とは違った空気を感じていた。市場ですれ違う者たちの表情がよそよそしいのである。特に買出し人たちに顕著で、豊が通ると慌てて道を開けるのだった。セリが終わって少し落ち着いた頃に、豊が自分の気持ちをテツに打ち明けたところ、疑問は瞬時に解消された。

「そりゃ、タカ兄は築地の魚河岸では今を時めく有名人だからですよ」

「有名人……。刑務所に世話になったから色眼鏡で見られてるってことか」

「そうじゃなくて、刑務所で一柳の若親分を助けたって話を皆知ってるからですよ」

そういえば、勝は豊よりもひと月ほど先に出所していた。娑婆に戻ってから刑務所での出来事を周囲に話したとしたら合点がいく。

「どんなふうに伝わってるんだ」

「そりゃもう凄いですよ。タカ兄は市ヶ谷刑務所では別格の顔役で、所長とも一緒にお茶を飲むほど懇意で、一柳若親分も随分世話になったとあちこちで言ってますから」

「なんだそりゃ……。俺は別に何もしてないよ」

「謙遜しなくていいですよ。みんな知ってるんですから」

テツはそう言うと、悪戯っぽい顔をしていきなり大声で叫んだ。

「おいおい、道を開けろ。ここにおられるお方をどなたと心得る。畏れ多くも大日本魚市場会社の大社長であり築地市場の大親分、奥村豊様にあらせられるぞ。頭《ず》が高い」

テツがそう言うと、市場の中にいた者どもが蜘蛛《くも》の子を散らすように道を開けた。

「俺は水戸光圀か……」

やれやれといったふうに苦笑いする豊を気にも留めず、テツは元気よく前を歩き出した。

そんなことになっているとは露知らなかった豊は複雑な心境であったが、これはこれで運命の歯車が繋がっているような気もした。前を颯爽《さっそう》と歩くテツの頭を見て、十八の頃から少しも変わらないと思っていたのに、気が付けば白いものが目立っていて、そういえば今年で四十六になるのだなと思うと、笑いが込み上げてきた。

七月七日に中国の盧溝橋で勃発した日本軍と中国国民革命軍の衝突に端を発し、日本と中国の関係は悪化の一途を辿っていた。宣戦布告がないまま戦闘状態に突入したことから戦争とは呼ばず、新聞等の媒体では北支事変と呼ばれていた。日本国内では不穏な空気が漂い始め、戦争に向けて統制の影が見えるようになった。

昭和十三年に成立した国家総動員法により、自由経済は姿を消した。もとより資源の極めて乏しい島国が大国相手に戦争をするわけだから、全国民が心血を注がなければ勝ち目はないということである。まずは生産者が大きな痛手をこうむることになった。生産量が日に日に減少していくのだ。豊は生産者の中でもとりわけ仲良くしている八戸魚市場の富井、安方魚市場の田子、そして函館市場の稲本等に連絡を取った。彼らが置かれている状況は同様で、耳を疑うものであった。国家総動員法の名の下、漁船が徴用されるのだ。それも大きくて性能のよいものから順に取られるわけだから、漁獲量が減るのは当然のことであった。加えて、徴兵されるのは決まって働き盛りの若者だから、二重苦である。戦争に勝利するために栄養源である魚をたくさん獲るのが本質のはずが、そこを削ってしまえば本末転倒である。

豊は、暗澹たる気持ちになった。先の大国ロシアとの戦争では、国民の多くが打倒ロシアを掲げて一丸となっていた。当時まだ二十歳そこそこだった豊は、小国が大国と戦争する場合、単に軍隊が闘うだけでなく、地中から湧いてくるような国民全体の熱い思いが無いと勝てないことを知っていた。しかしこの度の中国との争いにそこまでの感情はなく、単なる陸軍の暴走としか思えなかった。この争いは、いつまで続くのだろうか。更なる諸外国の干渉を受けることはないだろうか。ドイツでは、ヒトラーが統帥権を掌握し、オーストリアを併合したらしい。世界が悪い方向へ向かっているように感じた。

昭和十四年、日本政府は価格統制令を出して公定価格制を敷いた。これにより主要流通物資については、値上げも値下げも許されなくなった。魚市場に関しては、まず塩干物や加工品が対象になり、続いて生鮮食料品の公定価格が決定された。ここに、長い歴史を持つ魚河岸の象徴とも言える競り売り制度は消滅した。

公定価格制度が導入されて二年もすると、負の要素が目立つようになってきた。魚河岸に関するところで言えば、それらは大きく二つ挙げられる。一つは、品物の優劣に関係なく値段が定められていることから、粗製品が多く出回るようになった。勿論粗製品の取り締まりは警察によりあるにはあったが、市場に検査工程は無いし、そもそも食べ物が不足しているわけだから、効力は無いに等しかった。二つ目は、出荷者の直売行為であった。公定価格制度は販売面を統制するものであり、出荷面は無統制であったからだ。市場の手数料を支払いたくないというわけであるが、こうなると集荷の調整がつかず市場は混乱するばかりで、多くの魚は市場を通らず直接消費者へ流れるようになった。頭を抱えた豊は、東京市役所へ赴き、助役の田山に陳情した。

「田山さん、これでは築地市場が成り立ちません。こちらは国家の命令どおりやっているだけなのに、このままでは流通が死んでしまいます」

田山は、腕を組んで困り果てていた。

「奥村社長、市場の混乱は何としても解消しなければならない。役所としても何とかしたいのは山々なんだが、ここはそちらで対処してくれないと何ともならん」

「田山さん、日本橋から芝浦へ移転したときもそうでしたが、我々は最大限善処してきました。築地移転のときも然りです。勿論我々の足りないところは努力しますが、役所としてできることをお願いしているんです。中国との戦争が泥沼化して、国家総動員法の影響は日々深刻になっています。水揚げ量が減り、その減った魚さえも多くが市場を通らず消費者へ流れているんです。国策が思惑どおりの効果を出していない以上、役所は市場の統制に協力すべきです。何とか力を貸してください」

豊の陳情を受けた田山から連絡があったのは、ちょうど一週間後のことであった。市役所で田山の話を聞いた豊は、耳を疑った。

「出荷者が好き勝手なことをしないように、出荷者の代表を大日本魚市場会社へ役員として招き入れることが、東京市役所の御指南なのですか」

「合理的な考えだと思うぞ。すぐに適任者を何名か選出して教えてくれ」

豊は、開いた口が塞がらなかった。一週間考えた挙げ句の答えがこれでは、どうしようもない。役所仕事という言葉があるが、ここまで酷いとは想像もつかなかった。

「お言葉ですが、そんな単純な方法で統制が取れるとは到底思えません。出荷者と一口に言っても、全国各地から入荷しています。まさか全生産地から各代表を招くわけにもいきません。残念ながらその方法は現実的ではないので採用できません」

「生憎奥村社長に選択する余地はないよ」

田山は、憮然《ぶぜん》とした顔で言った。

「どういうことですか」

「商工省に相談した結果のことだからだ」
「つまり、官制ということですか」
「戦争が拡大している。日本は何が何でも勝たねばならない。国民総動員で難局を乗り越えなければならない。築地市場は、東京市民の生活を支える大切な基盤だ。どうかよろしく頼む」

官制と言われては、どうすることもできない。会社へ戻って山本と議論した結果、豊と関係の深い富井、田子、そして稲本の三名に声を掛けることに決めた。正直、この三人を会社に招いたところで大きく変わることがないことはわかっていたが、国家総動員法の下では成す術がなかった。結局、富井には高齢を理由に断られたが、残る二人は承諾してくれた。

ところが昭和十六年十月に重役として二人を迎え入れる準備をほぼ完了していたにも拘らず、九月十六日に仲買業務を廃止する制令が発布され、千六百もの仲買人が築地市場から姿を消すことになり、政府は一貫した流通の統制を敷くべく配給統制会社を作ってしまった。この配給統制会社が生産地から大日本魚市場会社までの配給を一括管理することになったのである。これにより、もう田子と稲本を迎え入れる必要がなくなり、土壇場で不義理をすることになってしまった。戦争で役所も振り回されているのだろうが、これでは落ち着いて物事をやり遂げることなんてできるはずがない。二人にそれぞれ電話で丁重に謝った豊は、膝から崩れ落ちるように社長室のソファに座り込んだ。電話の内容を聞いていた山本は、豊の向かい側に座り、白い煙を吐き出しながら言った。

「もうすぐとんでもない事態が起こりそうな気配だな」

「ああ、ドイツはモスクワを攻撃し始めたそうだな。日本は夏に仏印に進駐してからというもの、アメリカとは一触即発の状態だしな」

「最早中国との兄弟喧嘩ではなく、世界を巻き込んだ大戦争になるかもしれない」

「アメリカみたいな大国と戦争したら、一溜まりもないな」

「しかし、日本は大国ロシアに勝ったことでいきりたっているぜ」

「あれは、辛勝というか、奇跡だ。勿論、奇跡は偶然だけでは起こらない。世界一優秀な海軍と明石元二郎の緻密な工作があったからこそだと思う。でも、もう二度と起こらないよ」

「俺も同感だ。だけど、日本はやるんだろうな。国家総動員法によるこの徹底した統制にしても、全ては対米開戦に向けた序章に過ぎない」

「有史以来外国との戦争に負けたことがない大日本帝国だから、相手がどんなに大きな火力を持っていても戦うだろう」

自由競争が消えた経済は国民から向上心を失わせ、徴兵制度は希望をもぎ取り、言論弾圧は絶望を増幅させた。大切な息子や孫を取られる親や祖父母たちは、万歳三唱しながら心の中では怪我せず生きて帰ってこいと叫んだ。日本全体が、灰色の海の底に沈んだように重苦しかった。

そして昭和十六年十二月八日、日本は英米に宣戦布告してオアフ島真珠湾の米海軍基地を爆撃した。

太平洋戦争が始まって半年くらいは、東南アジアへの攻略も順調であり、連戦連勝を伝える報道も盛んに行われていて、国全体が戦勝ムードに包まれていた。しかし昭和十七年の六月頃から急に派手な報道は姿を消し、昭和十八年に入ると陰陰滅滅とした空気が漂い始めた。築地市場への入荷量も日々減少の一途を辿っていて、食べ物が極端に不足していた。大日本魚市場会社は、配給することのみが業務内容になった。その配給の方法は、地区別に小売商業組合（一般家庭用）、業務用消費組合（飲食店用）、大口消費組合（病院や工場用）、そして軍納（軍隊用）の四種類に分けて、それぞれの量を決めるのだが、実際に決めるのは役所であり、軍納が最優先、続いて大口消費組合であり、一般家庭への配給量はごくわずかであった。

「市場が死んじゃいましたね」

配給作業を終えて、トロ箱に座っているテツが、寂しそうに呟いた。豊は、金鵄《きんし》を取り出してテツに勧めた。

「タカ兄、よく手に入りますね。煙草はほとんど軍隊に流れてると思ってました」

「行く処に行けば、あるんだよ。でも、同じ煙草なのに何となく味が違う気がするんだ。ゴールデンバットっていう響きが好きだった。鬼畜米英の言葉とはいえ、横文字を全て無くすなんて横暴過ぎる」

二人は、白い煙を吐き出して秋空を見上げた。鱗雲《うろこぐも》が夕陽に炙《あぶ》られて、その端っこに雁《かり》の群れがくの字になって飛んでいた。まるで、マダイが泳いでいるように見えた。仄々《ほのぼの》とした光景を眺めていると、いま日本が戦争をしていることを不思議に思った。そのことを豊が話すと、テツも同じことを考えていたと言った。

「戦争なんて、誰がやりたいと思ってるんでしょう。天皇陛下は、こんなに国民が苦しんでることをご存じなんでしょうか」

「頭でっかちの政治家たちが、自分たちは何もしないで国民を好きなように弄んでるんだ。天皇陛下も、きっと騙《だま》されているんだろう」

「戦争に勝ったら、どんないいことがあるんですかね。八紘一宇《はっこういちう》と息巻くのはいいけど、俺は外国と正しく競い合いながら仲よくするほうがよいと思いますよ。魚河岸も、売り手と買い手が鎬《しのぎ》を削ってぶつかり合って活力が漲《みなぎ》っているからこそ成長するんだと思います」

「テツは、いつの間にか一端の哲学者になってしまったな。でも、あんまり大きな声で話していて憲兵に聞かれたら大変だ」

「タカ兄、日本はどうなっちゃうんでしょうか」

返す言葉が見当たらず、豊はもう一度空を見上げた。そこには頭がなくなって胴体だけになったマダイが浮かんでいて、まるで思考することをもぎ取られた日本国民のように思えた。

昭和十九年に入ると、日本中の至る所で敗戦の兆しが漂い始めた。徴兵で若者の姿が消え、港には漁船すらなくなっていき、築地市場への入荷量は減少の一途を辿り、配給もままならなくなっていた。人々はみな飢えていて、希望など持てるはずがなかった。富井、田子、稲本は築地市場へ最優先で出荷してくれていたが、それでも働き盛りの若い漁師たちを徴兵で取られ、漁船もないという状況では限界があった。そんな中、十一月には焼夷《しょうい》弾《だん》による米軍の空襲が始まった。初めの頃は軍需工場や港湾施設が特化して狙われていたが、その範囲は徐々に広がり、築地市場も一部爆撃された。そんな状況であっても、配給を欠かすわけにはいかない。敗戦の色が濃厚であるといっても、それは国民の勝手な印象であり政府は決して諦めることなく戦争完結のために手を緩めることはなかった。入荷量が少ないのは仕方ないにしろ、途切れる日も多くなり、軍納へ配給したら残るのはごくわずかで、最早市民の胃袋に魚は入らなくなっていた。国民の辛抱も、限界に達していた。しかし暴走列車に乗車してしまった乗客の如く、嘆いても所詮無駄で神仏に祈ることくらいしかできなかった。そして恐ろしい空襲が日常茶飯事になって暫く経った昭和二十年三月十日、遂に木造家屋が立ち並ぶ東京の下町を大規模な空襲が襲った。

一発目の爆弾は、日付が十日になったばかりの深夜に投下された。それを皮切りに焼夷弾は雷雨のように降り注ぎ、漆黒の帳《とばり》が下りた下町を瞬く間に真赤な炎で染めた。空襲警報を聞いて飛び起きた豊は、窓から見える然程遠くない猛火を目の当たりにし、怒りが腹の底から込み上げてきた。

――民間人を狙うのか……。

姿の見えないB29が轟音《ごうおん》を響かせて空から爆弾を投下している現実に、敵国というだけで見境なく民間人を虐殺するアメリカ軍に対して怒りがぐつぐつと煮え滾《たぎ》っていた。そして同時に、もう日本には万が一にも勝ち目はないと確信した。

日々焼け野原になっていく東京にいながらも、配給作業は休むわけにいかない。空襲に怯え、空腹に耐え、政府を呪って国のためではなく同胞のために気力を振り絞った。

そして八月十五日、遂に閉じ込められていた人々の絶望は解放され、無条件降伏という失望に行きついた。これでもう空襲がなくなるのだという安堵感と、我が物顔で街を徘徊《はいかい》する進駐軍を前にこみ上げてくる憂慮が入り混じった奇妙な静けさが日本列島を覆った。

十

国民を待ち受けていたのは、飢餓だった。物資の不足は戦時中よりも逼迫し、配給制は継続されていたが、配給量だけでは到底足りなかった。敗戦後数年間、人々の多くは警察に見つかれば没収される危険を冒して農村地域の生産者へ買い出しに出かけたり、比較的裕福な者たちは闇市で金に物を言わせて物資を調達していた。

ＧＨＱ（連合国総司令部）は、この食糧不足の一因が卸業者の単一制度にあると指摘し、独占禁止法の下に複数制を押し付けてきた。

「官僚統制が無くなるのは株主に指導権が戻ることだから好ましいが、今更複数制はいただけないいな」

社長室で山本と煙草をふかしていた豊が、苦々しい表情で言った。それはもっともで、そもそも個人業者の営業権を買い上げることで一本化した経緯がある会社を分割するだけならまだしも、自由化の名の下に場外から新しい会社が次々に生まれて参入してくるわけであるから、営業権そのものが薄れてしまう。会社に営業権を売った業者たちへの補償問題に発展することは避けられない。

「占領軍の権力にはどうしたって勝てないから従うしかないわけだけど、補償問題はGHQに掛け合わないといけないと思っている」

そう言ってみたものの、豊は不安に押し潰されそうであった。せっかく苦労して会社を立ち上げて、刑務所にまで入れられて、戦争に翻弄されて、やっと終戦になったら今度はアメリカの統治によって会社を複数に分割しろと命令されたのだから無理もない。心の中では、今回ばかりはもう自分の運も尽きたと思い始めていた。

緊急役員会議でGHQからの指令を伝えたときはさすがに動揺が走ったが、元大日本魚問屋会社の役員たちは拳を握って喜んでいた。翌日には早くも離脱の意思を表明し、日本魚問屋株式会社という会社名で独立した。すると予想どおり新たに卸会社が次々に誕生し、築地市場に洪水のように入ってきた。大日本魚市場会社は、日本魚市場株式会社と改称して再起を図ったが、当然取扱量は大幅に目減りすることになってしまった。社員からの不満も日に日に増しており、豊はGHQへ直談判することに決めた。

日比谷にある第一生命館の連合国軍総司令部に赴いた豊は、建物の前に立ち、額の汗をハンカチで拭って深呼吸した。かつては日本の建物であったものが、今ではアメリカに占領されて雰囲気さえもがどんよりとしていた。受付で名刺を出して事情を説明すると、約束が無ければ面会はできないと冷たくあしらわれた。いつなら面会可能なのか訊くと、受付の日本人男性は暫く待つように言って席を外した。数分後に戻ってきて、明後日の午前十時に再度来るように言うと、紙切れを豊に渡した。

『昭和二十二年七月二十二日、午前十時、Michael Smith』

担当者の名がマイケル・スミスだと伝えると、その男はすぐに目線を他の書類に移した。

当日約束の時間に再訪した豊は、三階にある会議室へ通された。暫くすると、赤ら顔で大柄なアメリカ人が日本人男性と二人で入ってきた。日本人男性は自分の名を川村《かわむら》だと名乗り、通訳だと説明した。スミス氏は豊に握手を求めた後、ソファに座って対面した。豊は、スミスの力強い握力と大きな体格に驚いた。

——こんな連中と戦争したところで、所詮勝ち目はない。

「奥村さん、お待ちしておりました。私があなたを担当するスミスです」

「本日はお忙しい中、お時間有り難うございます。早速ですが、本題に入らせていただいてもよろしいでしょうか」

川村の通訳を聞き、首を縦に振って『イエス』と答えたスミスへ豊は窮状を説明した。まずは卸業者を複数制にすることがどれだけ弊害をもたらすかについて、魚河岸の歴史と現実的問題を詳しく述べた。スミスは時々小さく頷いて聞いていたが、豊の話を聞き終えると、毅然とした態度で口を開いた。

「独占は民主化の考えに反する。それはマッカーサーの方針と異なるから、断じて受け容れるわけにはいかない」

「しかし、魚市場という特殊な業界に於いて、複数制は理想的なものではありません。何とか特例という形でご容認いただくわけにはいきませんか」

「例外は認められません。奥村さんの会社は、新たな競争社会の中で勝ち抜いていく工夫が必要になります。それに、お聞きしたところ長年に亘る技術と経験がおありだということですから、他に新しい卸売会社ができたところで恐れることはない」

こう言われると、何も言い返せない。仕方なく、豊は補償問題について言及することにした。

「では、複数制については諦めますが、それに伴う弊社社員への補償問題について相談させてください。個人業者の営業権を買い上げることで一本化した経緯がある会社です。それは元々営業権自体に希少価値、すなわち既得権があったことで成り立っていました。それが今や誰でも希望すれば卸業者や仲買業者になれるというのであれば、根底が崩れます。せめてそこの補償をしてやってもらえませんか」

スミスは、腕を組んで考え込んだ。やがて赤い顔を上げると、両手を肩の高さまで持ち上げて言った。

「奥村さんの言うことは理解できるが、アメリカが補償するわけにはいかない。日本政府の農林省に頼んでみたらどうでしょう」

「それなら、GHQから一筆いただけませんか」

「それはできません。奥村さん自身で交渉することです」

豊は仕方なく、翌日東京市役所の田山を訪ねた。そして農林省に事の顚末を説明して補償を検討してくれるように依頼した。しかし、田山は明らかに迷惑そうな顔をした。

「そんな戦前の話を持ち込まれたって、どうすることもできない」

「しかし、ＧＨＱも政府に相談すべきだと言っておりました。何とか考えていただけませんか」

「奥村さん、これも時代の流れだよ。日本は戦争に負けたんだ。これからはアメリカの属国として一から国を作り直すわけだよ。戦前の既得権なんて、過去の遺物さ」

「そんなことを言っても、平田舟権や板舟権を買い上げて会社組織にしろと迫ったのは、行政だったじゃないですか。それを敗戦国になったという理由で知らぬ存ぜぬでは無責任だと思います」

豊は、声を荒らげた。

「とにかく、補償はしない。文句があるなら、東条英機に言ってくれ」

腹の虫が治まらなかった豊は、その夜山本を飲みに誘った。築地市場の近くに出ていた屋台で胡瓜《きゅうり》の浅漬けをつまみに麦酒を胃袋に流し込んでいた。温厚な豊にしては珍しく、痛飲して管を巻いていた。

「同じ日本人なのに、なんて冷たいんだ。しかも、そもそもの原因を作ったのは役人じゃないか。何も法外な金額を要求するわけでもない。常識の範囲で補償してくれと言っているだけなんだ。そんなことくらい、何とでもできるはずだ。人間として腐った奴だ」

豊は、鬱血したように行き場を失った気持ちを吐き出した。

「人なんて、普段はよい顔していても、都合が悪くなったら自分の都合を優先するものだよ。仕方ない」

山本は、心許ない様子で言った。

「何だ、そんな白けた言い方するなよ」

豊は、山本の無気力な言葉に腹を立てた。

「気を悪くしたんなら謝るよ」

山本は、俯いたまま黙ってしまった。

「おい、どうしたんだ……。様子が変だぞ」

押し黙ってしまった山本の横顔は、どう見ても普段の彼ではなかった。酔いが醒めてしまった豊は、自分が酔いに任せて長時間絡んでいたことを反省した。

「今日はすまなかった。誰かに思いを聞いて欲しかったんだ」

山本は首を横に振り、意を決したように隣の豊に向き直った。

「奥村、すまん」

山本は、自分の膝元に額をつけた。豊は完全に混乱していて、訳がわからず、唖然《あぜん》と山本の後頭部を見つめていた。山本は、そのままの姿勢で言葉を絞りだした。

「奥村、俺は海神組と一から出直すことにした」

瞬時に言葉をのみ込めなかったのは、豊の自尊心が膜となって剝き身の心を守ったに過ぎない。しかしそんな無邪気な自衛など、一瞬にして蒸発する湯気のように無意味であった。山本がついさっき言った自分の都合という言葉が、頭の中で木霊《こだま》した。不思議と怒りは感じなかった。代わりに、強い脱力感に襲われた。考えてみれば、山本もかつては大志を胸に実業家として船出していたのだ。しかし時勢に巻き込まれるように豊と合流したに過ぎない。いつしか豊は、山本が永遠に一緒の志を持つものと勝手に思い込んでいた。

豊は、山本が帰った後も一人で痛飲した。ただ、正気でいることが辛かった。いつまで飲んでいたのか、またどのようにして帰宅したかさえ記憶になかった。気付けば、家で鈴子が汲んでくれた水を飲んでいた。湯呑の水を一気に飲み干して項垂《うなだ》れている豊を扇子で優しく扇ぎながら、鈴子は小さく微笑んだ。

「何か嫌なことがありましたか」

豊は、今自分が抱えている問題や悩みを女々しく細々と話したくなかった。それでも、目の前の愛妻に同情して欲しくて短く泣き言を言った。

「俺の運も遂に尽きたようだ」

本音だった。これまで幾度も苦境を乗り越えてきた自分には、確かに強運と呼べる何かがあった。しかしそれも無尽蔵に湧いてくるものではなく、全てを使い果たしてしまったのだ。

「俺なんかの道連れにして申し訳ない。見た目も悪いし甲斐性無しの俺なんかに……」

すると鈴子は扇子をゆっくりと閉じて、膝立ちのまま豊ににじり寄った。凜とした表情の鈴子は、六十半ばとは思えない、まだ四十路のように若々しく美しかった。鈴子の膝が豊のそれに触れるか触れないくらいのところに来たとき、そのままの姿勢で畳んだ扇子を真っすぐに差し出した。結果、鈴子の右腕は豊の左肩を通り越した。鈴子の甘い香りに誘われてその表情を読み取ろうとしたとき、豊の後頭部で紙の擦れる音がした。慌てて振り返ったら、同時に扇が閉じられた。

「何の真似だ……」

鈴子の行動を理解できなかった豊は、酔いから醒《さ》めて鈴子の瞳を覗き込んだ。すると、また豊の後ろで扇が開く音がした。

「本当の顔は、ここにあるの。でも、自分には見えない。目に見える顔なんて、表札みたいなもの。奥村豊が好きでついてきたのよ。私の眼に狂いは無いわ」
そう言うと、鈴子はそのまま右腕を豊の首に巻き付けて抱き寄せた。豊は、鈴子の鼓動を顔に感じながら自分が冷静になってゆくのを感じていた。
――嗚呼《ああ》、ここが自分の安寧の場所なんだ。俺は、独りじゃない。

豊は渾身の力で鈴子を抱きしめて、再起を誓った。

自由化の名の下に大きく再編成された市場で生き残るのは、想像以上に厳しいことであった。山本が抜けた後も、元々卸問屋だった社員たちは全員辞めていき、自分たちの卸問屋を再設立した。豊は、日本魚市場株式会社の取締役にテツを引き上げた。会社としては何とか存続できる状況であったが、依然として社員である仲買業者たちの不満は増すばかりであった。戦前の取引規模に対して、明らかに激減しているからだ。富井や田子、稲本といった生産地に長い付き合いのある仕入れ先をいくつか持っているとはいえ、入荷量には限度があった。そして昭和二十四年三月、ついに痺《しび》れを切らした会社の仲買人連合が豊にストライキを宣言した。板舟権と引き換えに手に入れた株式をそれ相応の金額で買い上げるか、あるいは昔のような取引量を確保しなければストライキを起こすと主張してきたのだ。テツが必死になって間に入ろうとしてくれたが、一つ間違えると暴動になりそうなほど緊迫していて、社長室に押し寄せてきた社員たちに向かって覚悟を決めて言った。

「私が何とかする。少しだけ時間をくれ」

間髪いれず、社員の中から罵声《ばせい》が飛んだ。

「何もできないくせに、偉そうなことを言うな」

「どうせ時間稼ぎするだけで、そのうち雲隠れする気だろう」

豊は、社員たちを見渡して叫んだ。

「嘘じゃない。必ず何とかする」

「今のあんたに何ができるというんだ。あんたは何様のつもりなんだ」

「そうだそうだ。何様だっていうんだ」

実際、そのとおりだった。策もないままにその場しのぎで口から飛び出た言葉に過ぎない。大勢に詰め寄られて、何もできない無力な自分が情けなかった。豊は、思わず目を瞑った。すると、ふと瞼の裏にくっきりと故郷の田園風景が蘇った。垂れ下がった稲穂が黄金色に輝く畦道《あぜみち》を兄と一緒に赤とんぼを夢中で追いかけていった。いつしか兄の背中が見えなくなり、赤とんぼも見失い、夕陽が沈んで真っ暗な場所に一人で立ちすくんでいた。秋の虫の掠れた寂しい鳴き声が、豊を心細くした。

――ここは、一体どこなんだ。兄ちゃんはどこへ行ってしまったんだ。恐怖のあまりしゃがみ込んだ豊は、両手で頭を抱え込んだ。その両手の甲に冷たいものを感じて恐る恐る空を見上げた豊は、秋雨を降らす雨雲の隙間から幽かに輝く星を見た。それは、孤独の中で苦しむ豊にとって唯一の希望の光だった。光は次第に強さを増し、気付くと眩しいばかりの巨星と化して豊を照らしていた。その光に包まれていると、なぜか鈴子の胸の中で感じた鼓動が艶めかしく蘇り、親玉に丁稚奉公してから今までの様々な出来事が走馬灯のように身体の中を駆け抜けた。遂に目を開けた豊は、不思議なほど力が漲っているのを感じた。すると、言葉が自然に出てきた。

「何だ、何て言ったんだ」

社員たちは、豊の口から発せられた声が小さくて聞き取れなかった。

「俺は……」

社員たちが怒りを露わにして自分を見つめている。

「俺は、奥村豊だ」

大きな声で、しっかりとそう言った。社員たちは一瞬戸惑ったが、すぐに呆れ顔になった。

「あんた、頭がおかしくなったんじゃないか。あんたの名前くらい、みんな知ってるよ」

「俺は逃げない。通らねばならない道を避けることもない。だから、もう少しだけ待ってくれ」


豊は、その場で土下座していた。

長い時間汽車に揺られて向かう先は、下関であった。豊は、乾坤一擲の勝負をするために遠路遥々下関へ向かっていた。目的地に到着した豊は、記憶の中にあるものとは比較にならないほど立派になった社屋を見上げて、自分との話が破談になった後のマルモの成功を見せつけられた。戦時中の統制下に於いても、マルモは関西圏を中心に大きく成長してきたのだ。豊は、東京を出発する前日に森広へ電話して相談したいことがあると申し入れたとき、森広が二つ返事で快諾してくれたことを不思議に思った。四半世紀以上昔の出来事であり、森広にとっては思い出すのも嫌なほどの汚点だろう。今や日本全国でマルモの名は轟いていて、特に関東地方への出荷は豊との合弁会社が破談になって以来、築地での現地法人化には拘らず、昔と同じように不特定多数の卸業者と取引していた。今更豊と会ったところで、何の利点もないはずだ。

受付で名前を伝えると、すぐに中年の男性が迎えにやってきた。一階の奥にある会長室に通されると、老人が椅子から立ち上がった。一目で森広だとわかった。森広は、ソファに座って豊と対面すると、柔和な表情で話しかけてきた。

「奥村さん、随分と久しぶりだね。連絡を貰って計算してみたら、もうあれから三十年経つんだね。私は今年の年末に傘寿を迎えるよ」

森広は見た目こそ老人であったが、背筋の伸びた姿勢といい、溌剌《はつらつ》とした話し方といい、昔と少しも変わらなかった。豊は時間を取ってくれたことの礼を述べ、三十年前破談になった合弁会社の話をした。

「森広さん、その節は残念でした。いろいろ言い分もおありでしょうが、生意気だった私の無礼をお許しください」

「何を言ってるんだ。悪かったのは、私だよ。ちょっとね、土壇場で色気が出たんだ」

意外な言葉に、豊は驚いた。

「もう、マルモさんからは引けないと思いましたが、暫くして再開してもらったときは、本当に嬉しかったです」

「なに、こちらも商売だから」

暫しの間世間話を交わした後、豊は姿勢を正して本題に入った。

「森広さん、実は折り入ってお話があります」

「そうでなければ、奥村さんは東京からわざわざ長旅するほど暇じゃないだろう」

森広は、屈託のない笑顔を返した。

「東京への出荷に対する荷受けは、全て私にやらせてください」

水を打ったような沈黙が、部屋の空気を湿らせて重くした。豊は、自分が言っていることが突拍子もないことであることを十分理解していた。そしてそれは、しこりを残すような決別をして三十年も放っておいた間柄で頼むようなことではなかった。つまり、マルモに対して現在東京で取引している卸問屋全てに取引をやめさせて、日本魚市場株式会社に独占させるということである。そんな虫のいい話が罷《まか》り通るわけはないのだが、それでも今の豊にとってはそれ以外に考えつく方法はなかった。

「マルモは、何を得しますか」

森広が、沈黙を破った。辣腕経営者の森広らしい質問であった。豊は、返答に窮した。得をするのは、自分だけだからだ。森広も、それを知っている。豊は、開き直って大きな声で言った。

「マルモさんは、日本一の水産王になれるでしょう」

一瞬目を大きく見開いた森広は、次の瞬間噴き出した。無理もない。今や海神組をも大きく引き離す日本一の水産王を前に、身の程知らずもいいところだ。

「奥村さん、三十年前に戻れるなら、自分自身を戒めます。何をしてでもこの男を手放すなとね。一体、何があったのか教えてもらえますか」

豊は、全てをぶちまけた。これまであったこと、自分が今どのような状況下にあるかを正直に打ち明けた。森広は暫くの間腕組みをして考えていたが、やがて豊を真っすぐに見つめて訊いた。

「株式は、持たせてもらえるんですか」

森広の輪郭が滲んで見えなくなりそうだったが、豊は必死に堪えて言葉を絞り出した。

「四十九%までなら」


昭和二十五年には仲買制度が復活し、東京に於けるマルモの取引を一手に引き受けた日本魚市場株式会社は、飛ぶ鳥を落とす勢いで築地市場の覇者となった。誰もが認める盟主となった豊は、噴き出る額の汗を拭って十一年振りの競り売りを少し離れた所からテツと並んで眺めていた。今年で六十七歳になるが、やっと始まったという感覚で、まだまだこれからだと毎朝自分に言い聞かせている。

「やっぱり、魚河岸はセリじゃないと始まらないですね」

いつまで経っても無鉄砲でハラハラさせるテツも、よく見ると白髪頭の好々爺《こうこうや》だ。

「テツ、お前いくつになったんだ」

「来年還暦です。もうジジイです」

「馬鹿野郎、還暦ってのは自分が生まれた干支《えと》に戻るんだから、赤ちゃんに戻るってことだよ。テツは、来年でやっと零歳だ」

「干支って、十二しかないのに……」

「十干十二支の組み合わせが六十あるんだよ。零歳になる前に、ちゃんと勉強しておけ」

「あのねタカ兄、ちょっとオイラを馬鹿にし過ぎなんじゃないですか。天下の日本魚市場株式会社の専務取締役ですよ」

築地を吹き抜ける薫風は、清々しい緑の香りの他に潮の香が混じっていて、頬を爽やかに撫で上げる。

「テツの言うとおりだ」

「反省してください」

「いや、そうじゃなくて、セリが無いと魚河岸じゃないってこと。この活気が三百年の伝統なんだ」

「なんだ……」

「こんな普通のことが、長い間できなかった。本当に、もう駄目だと何度も思ったことがあったけど、何とかここまで来ることができた」

「日本は戦争に負けちゃったけど、ここからが正念場ですね。富国強兵ならず、富国魚河岸ですね。日本人の力の源は、何と言っても魚と米ですから」

威勢のいい競り売りの声が響き渡り、大きなマグロが次々に落とされていく。

「そうだ、やっと始まったんだ」

「こんなデカい市場、日本一はおろか、東洋一ですよ。タカ兄が幾度となく乾坤一擲の勝負に勝ってきたからです」

乾坤一擲の勝負……。そう言えば、どれが本当の意味で一世一代の勝負だったのだろう。壁を乗り越えたら、また次の壁が立ちはだかって、終わることが無かった。それは、今の安定が永遠に続かないことを意味する。これからも、壁は容赦なく立ちはだかることだろう。この巨大な築地市場にしても、いつの日かは斜陽のときが来るかもしれない。しかし、今できることを精一杯やり続けることが大東京のためであり、自分自身の自己実現に繋がるのだと豊は確信していた。


「テツ、幸せか」

「俺は、十八の頃からタカ兄と一緒にいるだけで、いつもワクワクしてきました。来年零歳になったら、改めて弟子入りします」

河岸引きとなった市場から、仲買人たちの談笑が心地よく聞こえてくる。この瞬間の幸せを、豊は食べてしまいたいほど愛おしく思った。

「テツ、築地市場の旨い空気を吸い込もうぜ」

「何ですか……。今吸ってますけど」

「思いっきり吸うんだよ。ほら、一斉の声で吸うぞ。吸ったら、限界まで吐くのを我慢しろ。わかったな」

二人は、思いっきり吸い込んだ。築地市場にある空気を全て吸い尽くさんとばかりに吸い込んで息を止めた。暫くすると、テツが噎せ返った。

「はあ、もう駄目だ」

豊も限界だったが、吐き出すのが勿体なくて、倒れる寸前まで耐えてやろうと思った。

完

参考文献

田口達三『魚河岸盛衰記』（いさな書房、一九六二年）
ＮＴＴ西日本データブック電話機のあゆみ
東京都中央卸売市場ホームページ
たばこと塩の博物館ホームページ

あとがき

この作品を書いたのは、同僚から「曾祖父は築地市場を創設した中心人物だ」と聞いたことがきっかけです。私が興味を示したところ、その同僚が「本人が残した古書がある」といって読ませてくれたのです。

昭和三十七年に書かれた『魚河岸盛衰記』という書物で、同僚の曾祖父である田口達三氏が、江戸時代以来三百年以上の歴史を持つ日本橋市場から築地へ移転するまでの紆余曲折をご本人の体験談を交えて書かれたものでした。その築地市場も今や豊洲に移転したわけですが、その昔、日本橋から築地へ移転した際の史実を知り、また田口達三という見知らぬ男の魅力に憑りつかれた私は、何とかして達三の魅力を物語として深掘りしたいという欲求にかられました。

小説にする以上、登場人物や構成の多くの設定は想像上のものになりますが、可能な限り史実を忠実に描いたつもりです。築地から豊洲への移転時に大きく揉めて世間を騒がせたことは記憶に新しいですが、日本橋から築地への移転では比較にならないほどの混乱があったこと、そしてその中心には田口達三（作品中の奥村豊）という人物がいて、人生をかけて成功へ導いたことをこの小説を通じて一人でも多くの方に理解してもらえたら、この上ない喜びです。

またこの度の出版に際して、この作品を数ある応募作品の中から商業出版作品に選出してくださった文芸社関係者の方々、そして小説として発表することを遺族代表として快諾してくれた同僚の田口善久さん、表紙イラストを描いてくれた渡邊拓実さんに心から感謝の意を表します。

令和三年五月　北川　ナヲ

著者プロフィール
北川 ナヲ（きたがわ なを）
1965年、京都府生まれ。
京都府在住。
著書に『テロワール 波動』がある。

市場

2021年８月15日　初版第１刷発行
2022年７月15日　初版第２刷発行

著　者　北川 ナヲ
発行者　瓜谷 綱延
発行所　株式会社文芸社
〒160-0022　東京都新宿区新宿1－10－1
電話　03-5369-3060（代表）
03-5369-2299（販売）

印刷所　株式会社フクイン

ISBN978-4-286-22874-7